滋长

阙玉兰 著

四川文艺出版社

图书在版编目（CIP）数据

滋长 / 阙玉兰著 . -- 成都 : 四川文艺出版社，
2025. 8. -- ISBN 978-7-5411-7428-5

Ⅰ . I247.5

中国国家版本馆 CIP 数据核字第 2025VN8497 号

ZI ZHANG

滋 长

阙玉兰 著

出 品 人　冯　静
策划编辑　路　嵩
责任编辑　张亮亮
特约编辑　蒯　燕
装帧设计　悟阅文化
责任校对　文　雯
摄　　影　何清海

出版发行　四川文艺出版社（成都市锦江区三色路238号）
网　　址　www.scwys.com
电　　话　028-86361802（发行部）　028-86361781（编辑部）

排　　版　四川悟阅文化传播有限公司
印　　刷　成都市兴雅致印务有限责任公司
成品尺寸　170mm×240mm　　　开　本　16开
印　　张　7　　　　　　　　　字　数　140千
版　　次　2025年8月第一版　　印　次　2025年8月第一次印刷
书　　号　ISBN 978-7-5411-7428-5
定　　价　68.00元

序

　　羌家温暖的火塘、千奇百怪的羌族民间故事影响着他们的成长。

　　众所周知，宇宙间任何生物的生长都离不开周围环境，就动植物而言，它们生活环境的必备条件是：土壤、阳光、空气、水分、适宜的温度、营养物质等。人，属于动物，成长过程同样也离不开这些必备的物质条件，然而更需要精神食粮。精神，是人的灵魂。如果一个人没有精神世界，定然只能是行尸走肉。一个人要有精神，有灵魂，就离不开成长的环境。

　　人的成长过程，离不开家庭、社会、学校等环境。当地人有种说法：人就像一颗种子，撒在肥（家庭条件好）处，肥生（茁壮成长）；撒在瘦处（家庭条件差），瘦长。也就是说家庭条件、社会环境对人的成长很重要。

　　然而，出身不由己。笔者出生于20世纪60年代的羌寨山村，经历了物质生活、精神生活的困乏，目睹了乡亲们的生存状况，参与了乡亲们的生产劳动，明白"饥寒起盗心"的人是一种什么样的心态，他们是多么沮丧和无奈啊！备受肉体、精神的双重煎熬。虽然说内因有决定性的作用，就像鸡蛋孵不出鸭儿一样，人肯定不会变成其他动物，可是人刚出生，的确是一张白纸。家庭教育起了决定性作用，就像那些刚出生的孩子一样，跟着父母学习，父母的语言、生活习惯，将陪伴、影响孩子的一生，甚至决定他们的命运和前途。

　　羌寨山村的民风是淳朴的，每当夜幕降临时，寨子里炊烟袅袅，家家户户火塘升起，不管有无吃食，不管是否温饱，只要有客人上门，或者亲戚上门，主人家都非常热情，倾其所有。邻里之间更是相互帮忙，不管大事小事，都会伸出热情的手，鼎力相助。

　　孩子们不管是白天还是黑夜，总是形影不离。要么围坐在火塘边听祖父母、父母讲故事——那永远讲不完的稀奇古怪的民间故事，有关乎聪明、理想、美好、幸福、智慧的神话故事，也有关乎阴森、恐怖、喋血、食人的鬼怪故事，还有种瓜得瓜种豆得豆的因果报应的故事。

但有的乡亲顾不过来孩子们的教育，忽略了对孩子的正确教导。没有文化的父母，更不清楚怎样教育孩子。许多孩子就像大山上、悬崖上的树苗一样，顺其自然，自由生长。其结果可想而知，其中不乏惨痛的教训，小说《滋长》真实记录了两个家庭孩子的成长过程。说实话，笔者并不想揭开、撕裂乡亲们的伤疤，而是想给今天物质生活富裕，精神生活丰富的人们提供一点参考，不管在什么样的环境、什么样的时代，家庭、社会对孩子们的教育绝对不能听之任之。

　　愿人们通过《滋长》，了解过去羌寨山村勤劳勇敢的村民们的生产生活状况，了解朴素的民风民俗；也通过《滋长》，加强对孩子的教育意识，更新人们的环保、生态理念。

目录

两家人的奶儿子

土森母亲没有孟母三迁的本事，也没有择邻而居的能耐。土森家却有清者自清的良好家风。

土森，命中本有土，但不足，并且严重缺木，因此父亲给他取名土森。土森还有一个更响亮的名字——奶儿子。

"奶儿子"是邻居李二婶给起的。这名字影响了他一生，伴随着他的成长。土森出生三天，母亲一直没有奶水，饿得他直哭，脸蛋惨白瘦小，张着饥渴的小嘴，十分可怜。腼腆而不愿意欠人情的母亲和母亲的母亲——婆婆（内地人叫外婆、羌族山区叫家婆，土森家有些与众不同，叫婆婆），婆婆是村子里出了名的好胜心特别强的倔人，从来都拒绝接受帮助。个子不高，一米六左右，而且还是半大子小脚。为什么不是三寸金莲，为什么不是大脚板，偏偏是半大子小脚？原来，婆婆出生在四川绵竹城郊外的一个破落地主家，因为她母亲生了七个女儿，她父亲对母亲不满意，便抽起了大烟。同时把希望寄予女儿们身上，个个从小裹脚，希望结下好姻缘，让自己后半生有个依靠。婆婆五六岁时脚就用布条裹上，脚趾生生弯转倒扣进脚掌，脚疼，还不让休息，要负重（背上妹妹）出门劳作，插秧、吆鸡吆鸭。不愿意屈服于命运，更不愿意任人束缚的她，每当她母亲给她裹上布条，转过背，趁她父母不注意便悄悄解开，因此最终造就了一双半大子小脚，未能嫁个好人家。婆婆瘦削，而不瘦弱，干精火旺。一年四季一身洗得泛白的蓝布长衫，无论做不做事，出不出门，长衫上总是拴一根或蓝色或黑色的长围腰帕，脚上总是穿着自做的尖尖鞋。尖尖鞋敞口。由于缠过的脚，脚背拱起，如果鞋口子小了，脚就穿不进。

20世纪二三十年代，婆婆从绵竹跟随做生意的姐姐、姐夫来山区风雅镇，嫁人，定居于风雅镇龙塘村。由于性格倔强，随着年岁的增长，久而久之人们忘记了她的姓氏，都叫她倔婆婆，或倔婶婶。

为了心爱的外孙子，豁了出去，趁着黑夜，倔婆婆抱着哭声嘶哑的土森，来到房门大开的邻居李家。

火塘里的火苗跳跃着，晃动在李家六口人脸上。大女儿香兰十二岁，二儿子金忠十岁，三儿子银忠八岁，中间丢了（夭折）两个，四女儿桂兰刚满三个月。三个孩子跟李二爸分别坐在火塘边的两条凳子上。李二婶抱着桂兰，坐在一方。

借着火光，一家人看见婆婆抱着土森进屋，孩子们有礼貌，纷纷站了起来让座。

李二爸也不感意外，邻居间"烤野火"的大有人在，几家人在一起烤火，既热闹，又节约，他热情地招呼道："倔婶婶，坐！快坐。"土森在婆婆怀中哭闹不休，一下子引起了李家一家人的关注，怎么会抱着刚出生几天的孩子过来烤火？

毕竟是向人家讨奶吃，婆婆不知怎么开口，怯怯地站着，志忑不安。

此时此刻，只有李二婶一个人明白是怎么一回事。土森祖孙俩还在门外，她就听见了土森的哭叫声，那是孩子饥饿的哭声，奶水充沛的她，条件反射，奶水一下子溢了出来。她十分友善地打破婆婆的尴尬，笑着说："儿子是不是饿了？来来，我给喂一口。"说话的同时，将桂兰递给了李二爸。

婆婆腼腆，为难却迫不及待地将哭闹（饿）了三天的土森递给了李二婶。

土森小小的身子一歪，躺进李二婶的怀里，一瞬间闻见奶香，哭声戛然而止。土森吃饱喝足之后，抬头望着李二婶笑，仿佛对李二婶说："谢谢妈妈！"

婆婆盯着土森满足的小脸，长长地舒了一口气。哎！总算让娃娃吃了一顿饱饭。

李二婶胀痛的双乳一下子轻松起来，整个人也轻快自如，显现出女人特有的怜爱之情，更多的是母亲那种慈爱，无比感慨："这娃娃硬是饿惨了，唉，咋不早点抱过来喂一口？"

婆婆变戏法地从围腰帕里拿出三个鸡蛋，羞涩而为难地递给李二婶说："不好意思，一点心意。"

李二爸一愣说："这，就见外了。隔壁邻居的。"两家邻居之近，近得只有三五步远，中间只有一个篱笆之隔，低矮的篱笆大人孩子都可以随便跨越。低矮的篱笆，主要是防小鸡仔乱飞乱跳。娃娃吃一口奶水，还有三个鸡蛋，这岂不见外了？要知道奶水可不是拿来交换的，也用不着交换。运动量大、食量也大的李二婶喝凉水都要生奶水，瘦弱的桂兰食量小，很多时候桂兰都喝不完，二婶胀得不行，便白白地往地上挤——浪费掉。如今，与其糟蹋，还不如给土森喝。

李二婶摆手说："不要，不要！二天，儿子饿了，抱过来就是了。嘿嘿，我们家又多了一个奶儿子。"二婶家虽然已经有了几个孩子，但是一眼就爱上了这孩子。人说世界上谁家的孩子最漂亮，最乖？都说自己家的。可是李二婶例外。在她眼中，自己的四个孩子，没得一个有此时怀中的土森的脸蛋那么白净，五官那么匀称，那么逗人喜爱。她情不自禁地在土森脸上轻轻亲了一口，同时脸上露出幸福的微笑。感觉又多了一个可爱的小宝贝儿。

后山有个龙塘

　　土森前后喝了一个多月李二婶的奶水，正南齐北地成了李家的奶儿子，久而久之奶儿子这名字，在龙塘村里居然比原名土森被人叫得多。

　　龙塘村是一个典型的镇中村，农户散居在整个风雅镇，20世纪60年代属于公社（风雅公社）管辖下的一个生产大队。

　　生产大队背靠龙塘山，面临清江河。龙塘山，为什么叫龙塘山？从字面上就不难猜出——这是一座山，而且有龙居住的塘的高山。所谓的龙塘，也就是人们说的高山湖泊，许多地方称为海子。只有风雅村的人，叫龙塘。龙塘山的海拔不算很高，然而植被原来很好，自然生长着杉树、松树、杨柳、桦树、榛子、青冈、马桑等。山顶上有一个几十亩大小的龙塘，周边的植被也很好，后因为整个风雅镇的上千户的居民以及村民的烧柴，将龙塘村背后的大山洗劫而空，变成了光秃秃的山，显现出赤裸裸的岩壁、硬土。龙塘也不翼而飞。

　　这里还有这样的传说：龙塘（海子）有着清凉凉的水，纯净甘甜，是龙塘山周边村的羌民不可多得的水源。羌民们非常热爱它，崇敬它。

　　有一天，一个河坝头的姑娘，跟着她的父亲上龙塘山，扯羊耳葱。龙塘边上山花烂漫，五彩斑斓，羊耳葱非常茂盛，齐刷刷，高矮一样，非常整齐。就像种植在自留地里的蔬菜那么逗人喜爱。他们便在龙塘边上扯，扯着扯着，姑娘的月经来了，月经流淌下来，染红了裤子。由于初潮，她不清楚到底是怎么一回事，当时也没有留意。

　　一直在姑娘身边扯羊耳葱的父亲，突然看见姑娘的裤子上有血，关心道："你咋了，腿杆是不是遭刺挂烂了，咋流那么多血？"

　　姑娘有些难为情、十分羞涩，不知道怎样向父亲解释。

　　姑娘木讷着："不，不是，没得哪里受伤。"一边说话，一边后退，一不小心滚进了龙塘里。一个激灵，姑娘赶紧爬了起来，转身一看，碧绿的水面，顿时泛起几缕红色。不懂事的姑娘，低头顺便把裤子上的血渍揉了几下。幼稚的她，担心在回家的路上被人看见而难堪。

正当姑娘跟她父亲背起满背篓羊耳葱的准备下山的时候，天空中先是乌云密布，继而电闪雷鸣，紧接着大雨倾盆。

父女俩赶紧把背上的背篓放下来，待在原地不敢动，想等大雨过后再走。接着山崩地裂，大雨倾盆。只听见一声巨响，龙塘缺口了。雨帘中看见巨浪翻滚，清泉喷涌。好像一条银光闪闪的巨龙腾空而起，先是在龙塘上空盘旋了一会儿，接着迅速地飞向远山。

龙起之后，龙塘迸裂得更厉害，洪水冲向山下。父女俩目瞪口呆说不出话来。浑身颤抖，不敢行动半分半毫。

大雨渐渐小了，而龙塘里的水越来越少。他们赶紧重新背起背篓往山下走。

当他们走到山下的时候，傻眼了，村子里原本错落有致的碉房，垮的垮，塌的塌，东倒西歪。完好的村子被洪水洗劫了，人们哭天喊地。

村子里的人看见父女俩从大山上下来，拦住他们问："你们刚才看见了什么？"

姑娘不敢说，她父亲对大家说："我们看见有一条龙飞走了。"

一位老人，不相信一直生活在山顶的龙为什么会突然就离开，而且给大家造成了不可估量的灾难和损失。于是挡住他们兴师问罪道："你们到底哪里得罪了我们的龙王菩萨？"

父女俩不明所以。没有恶意，没有冒犯，怎么会得罪龙王菩萨呀？

老人见他们不说话，最后哀叹道："龙王菩萨走都走了，我们也不怪你们，只要你们把话说清楚，我们也好吸取教训。"

父亲想了想道："我姑娘不小心滚进龙塘去了。"

聪明的老人看见姑娘裤子上仍然有血液浸出来，知道发生了什么。痛心地叹息道："哎哟！是你身上的脏东西（血），亵渎了龙王菩萨，它才一气之下飞走了……"

这个龙塘，还有这样一个传说：说的是龙塘周边生长着茂密的蒿草，是极佳的放牧之地。山下有家地主养了十几头牦牛，这些牦牛都是由放牛娃每天早出晚归地放牧在龙塘周边的草场，把牦牛养得油光水滑，着实逗人喜爱。

有一天，地主突然发现最大的那头牦牛好像瘦了许多，兴师问罪道："你每天咋个放的？"

放牛娃不解，跟往常一般呀。

地主生气地说："你是不是没有让它吃草？"

放牛娃想了想说："吃了呀。"

"吃了，咋个瘦了，是不是每天你骑着它上山下山累着了？"

放牛娃摇头，欲哭无泪，这不是冤枉吗？赌咒发誓地说："没有，绝对没有。"

"这样没有，那样没有，你说它为什么瘦了，是不是生病了？"

"没有，每天活蹦乱跳地没有生病。"放牛娃也没有想明白到底是为什么？地主提醒他说："明天，明天，你哪头牛都不要管，专门盯着它，看它到底咋回事。"

第二天，放牛娃专心专意地盯着那头牯牛，发现它一根草都没吃，一趟又一趟地用犄角去顶撞龙塘边上的那棵杨柳树疙瘩，那是一个即将腐朽的杨柳树疙瘩。

牯牛先是用犄角摩擦摩擦一下杨柳树疙瘩，继而退后到几十步远的地方，然后一个冲刺，狠狠地撞击杨柳树疙瘩。奇怪，看似快要腐朽的杨柳树疙瘩，不但没有垮塌，反而很有弹性，轻轻一弹，将两三百斤重的牯牛弹出老远。大牯牛不服输，一直跟杨柳树疙瘩较着劲，好像做着有趣的游戏。

放牛娃不相信眼睛，那个枯朽得不能再枯朽，摇摇欲坠的杨柳树疙瘩，为什么就撞不倒呢？走到杨柳树疙瘩跟前，仔仔细细、认认真真地看了又看——不就是一个朽疙瘩吗？伸手摸了又摸，用指甲抠了又抠，的确是杨柳树疙瘩，有粗糙的坚硬的树皮，甚至有的地方还有细小的裂缝。

但是牯牛坚持不懈，周而复始一遍又一遍地去撞击，就是不吃草。放牛娃大声骂道："害瘟的，你疯了吗？"牯牛不听。用条子抽打，牯牛仍然痴心不改。一天下来，大牯牛累得够呛，然而杨柳树疙瘩岿然不动。

放牛娃将他的发现告诉给了地主。地主听见后觉得奇怪，想尽快搬倒杨柳树疙瘩，牯牛才可能好好吃草。于是让放牛娃将两把磨得十分锋利的杀猪尖刀固定在牯牛的犄角上，等牯牛去撞击。三下五去二，定然会将杨柳树疙瘩撞击垮。

第三天上山，牯牛带着锋利的尖刀去撞击杨柳树疙瘩，才两下，杨柳树疙瘩便倒进了龙塘，顿时不见了。

要知道，这个杨柳树疙瘩不是真正的杨柳树疙瘩，而是居住在龙塘里龙王的儿子变的，每天逗牯牛玩的。龙太子受伤，彻底得罪了龙王。夜里，龙王站在龙塘山顶冲着山下地主家所在的村子呼喊："来齐没有，人来齐没有？"

呼唤声很大，害得人们睡不着。但是，又不清楚呼喊声来自何人，来自什么地方。地主清楚，因为他看见了牯牛犄角处尖刀上带有血迹。

龙王天天夜里呼喊，地主心惊胆战，内心受着煎熬。没有一点点睡意，几十天没有睡一次好觉了，最后实在忍耐不下去了。一天晚上，龙王刚问："人来齐没有？"

地主大声冲龙塘山回应道："来齐了！"

话音未落，只听见轰隆一声，龙塘山垮了一只角，将地主所在村子淹没掉了，与此同时，龙塘山的龙塘里的水也莫名其妙地干掉了。

龙塘山上的龙塘水干了，好在还有一条细流——一条清凌的小溪——从龙塘山纵贯而来，清澈见底，是风雅镇居民以及镇中大队村民的水源。这就是风雅镇著名的龙塘沟，龙塘山下的龙塘沟北边，孤零零地居住着土森、李二爸、杨大爷家。龙塘村的村民距他们较远，也在龙塘山下。

风雅镇、龙塘村的居民不厌其烦地将这个龙王飞走了的故事一遍又一遍地讲述着。土森从小就听这个故事，听了一遍又一遍，耳朵都听起了死茧。

飞来的鸡肉

土森有事没事都往李家跑，也许是因为喝了李二婶的奶，跟他们一家人特别亲。而李家，无论是大人还是孩子也都对他特别好，有什么好吃好玩的东西，一家人总会想起他，他仿佛成了他们家的一分子。

土森特别羡慕李家，李二爸、李二婶从来不要求孩子们上学读书。他家孩子多，后来在四姐桂兰之后又添了两个。六个孩子，除了大带小之外，香兰、银忠、金忠都在参加生产队的劳动。桂兰在家看护弟妹。在龙塘村孩子们的眼中，李家六个孩子过得非常愉快，从来不受一点什么约束，像遨游在天空的鸟儿一样自由自在。像龙塘山上的野马，随意驰骋。

土森家却不同，姐弟仨，土森两岁多的时候，母亲给添了一个弟弟。父母劳动虽然辛苦，但是一直主张孩子们上学读书。其实这一切，都是婆婆说了算。婆婆来自大山外，从小跟着姐姐、姐夫做生意来到羌寨，知道没有文化的苦恼，没有知识的艰难。不管家里的条件怎样，无论如何都得让孩子们读书。每学期每个孩子一块二角钱的书本费，差不多全靠婆婆割马草牛草卖。

一天中午，土森从风雅镇幼儿园回家，风雅镇民风淳朴，从来没得拐卖孩子的现象，许多孩子只要老人送一两次，能识路后，便各自上学、放学。一来，没有多余的人手专门接送，二来培养了孩子独立的能力。家里无人，父母在山上劳动，婆婆带着弟弟不知道去哪里了，姐姐也不在家，便径直来到李家。

还未进门，就嗅着飘香的肉味儿，香味激活了土森的味蕾，不由得吞了一口唾液。肚子也咕咕呼唤起来，不由得快步跨进李家门。

火塘边，除了大姐香兰没有在家外，二哥金忠、三哥银忠、四姐桂兰都在。两岁多一点的铜忠，趴在地上，手握一根鸡骨头吮吸着。

所有人见土森进屋也不大惊小怪，而是各人自顾自撕啃着、咀嚼着，眼睛还死死盯着火塘上的铁锅。

四姐桂兰挥动着手中的肉招呼着："奶儿子，快来，快来吃鸡肉了！"

鸡肉？平时根本吃不上，哪怕是逢年过节也很难品尝这人间美味。此时此刻的他，本来就饥肠辘辘，听说有鸡肉吃，顿时垂涎三尺，快步奔向火塘。

二哥眉毛一挑，瞪了一眼四姐。做贼心虚，这鸡，毕竟是偷来的。虽然父母不会责备，但是村子里的人如果知道了，会落个偷鸡贼的名声。

三哥用手肘轻轻碰了一下二哥，示意他不要说话，害怕暴露了秘密。言多必失，偷鸡究竟不是光彩之事。鸡肉，虽然吃了，足足过了嘴瘾，而内心毕竟有些忐忑和不安。

听见四姐招呼，土森便毫不客气地伸长脖子往大铁锅里瞧。原来铁锅里干煸着鸡肉，然而，只剩鸡头、鸡爪，还有鸡翅。

土森盯着铁锅里的鸡肉，无从下手。

四姐心疼他，非常麻利地抓起一个鸡翅递给他说："快吃！再来迟一点，就没得你的汤汤喝了。"四姐只比他大三个多月，对他特别好。一直跟在哥姐身边成长的她，懂得的社会知识远远比土森多得多。鸡翅比鸡爪肉多一点，土森接过鸡翅毫不客气地吮吸着——真香。

鸡肉虽少，但足足过了把瘾。

下午，土森放学回家，还没有进门便大声呼唤："婆婆，婆婆！"

此时，弟弟应该放学了，怎么不见弟弟？

风雅镇，民风淳朴，真正是夜不闭户路不拾遗，龙塘山下，零星几户人家，大门从来不上锁。要么虚掩着，要么插一根木棍。土森家的破旧木门虚掩着，估计婆婆就在附近。八岁多正在上小学的姐姐，也不在家，她五六岁就学着做家务，学着扯猪草，割牛马草。此时姐姐不在家，要么还没有放学，要么放下书包扯猪草去了。

往天这个时候，婆婆早就把晚饭煮好，耐心地等待着一家人。

土森焦急地等待着，天快黑下来时，婆婆才牵着两岁多一点的弟弟，气喘吁吁地回家。一脸不高兴，仿佛是谁借了谷子还了糠。一进门来不及歇口气、喝口水便赶紧烧灶孔煮饭，懂事的土森不敢声张，轻轻来到蹲在门外的弟弟身边，悄悄问："你跟婆婆今天到哪里去了？"

弟弟抬头看看土森，奶声奶气地说："院场，撕玉麦（米）。"婆婆是为了家里挣一点工分，难怪不得中午不在家，而且下午还回来这么晚。姐姐扯猪草，或帮一些小忙，父母挣工分要到天黑才回家。只有土森和弟弟基本上没有做什么事。

婆婆去门旁边抱玉米秆，玉米秆引火快，回屋时，嘴里骂道："豹子拖的，挨刀的，不晓得飞到哪里去了。"

"哪个豹子拖的，婆婆在骂哪个？"土森问弟弟。

弟弟天真地东看看西看看仿佛在寻找什么："婆婆骂，骂鸡，骂黑鸡婆！"

黑鸡婆不见了，难怪婆婆的脸色那么难看。家里的油盐钱，全靠唯一的那只生蛋的黑鸡婆。往天，不是好好的吗，会到哪里去了呢？会不会飞到低矮篱笆那边的李家了呢？土森一闪念，想到的就是李家。

黑鸡婆下的蛋，只有过生日，或者逢年过节才能吃上。平时都是攒着凑够五个以上就可以拿到街上（偷偷）卖掉，变成油盐酱醋。黑鸡婆丢了，便丢了一年四季的油盐酱醋钱，婆婆肯定着急。"找了没有？要不，我去找！"土森说。

弟弟摇头说："婆婆，都找了，还到房子那边（后）。问了好多人，都说，都说没有见过。"弟弟虽然年龄不大，但是聪明，语言表达能力也很强。

房子后面，唯一家。孤人杨老大爷，矮矮小小方圆不到一丈的独房，半截石头墙，上半截是用竹竿编成的篱笆，篱笆两面糊上黄泥巴。小房子三面无窗，一个半截木门。站在屋外就能够看清楚屋里面，真正的家徒四壁。杨大爷很少待在他的家里，因此什么也不用添置。从土森能记事以来，杨大爷长年累月住在生产队的保管室，虽然是一个孤人，然而杨大爷识几个字，是生产队不可多得的文化人，既是保管员、生产队粮食库房的看守员，还是收缴牛马粪的登记员。身兼数职，日夜操劳，吃住都在保管室。其实龙塘沟村的村民们非常聪明，让一个孤人身兼数职，他既不会感到孤独，而且还为村上做了那么多事，生产队的粮食随便他吃，从来没有人过问。不管怎么吃，一个老人食量再好，也吃不了多少。无儿无女的他，没人需要他照顾，自然不用担心粮食走路（被偷）。

中午吃过的鸡肉，莫非……莫非就是自家的黑鸡婆？土森怀疑，虽然只有四岁多一点的他，单纯，幼稚，很想尽快把事情弄清楚，丢下弟弟飞快跑到李家。

李家一溜房子总共四间，火塘（厨房）在最前面，依次过去是二哥、三哥的房间，大姐、四姐的房间，最后头的是李二爸、李二婶和五弟六妹的房间兼储藏室。那里一年四季黑漆漆，看不清楚里面到底储藏了些什么。估计粮食、肉都储藏在里面吧？

一进门，只看见李家人称为矮骡子、铁骡子的大姐正在煮饭，其他人还没有回来。大姐叫矮骡子，也不是什么诨名，而是真实写照。她七八岁开始上山下河，砍柴、割草、背水、洗衣。小小年纪要供一家人的烧火柴，要供三头猪的吃食，要供一大家人包括猪儿们的饮用水，负责洗一家人的衣服。沉重负担的重压，使得她没长高，一米四多一点，但是力气非常大，就是同年龄的男孩子都比不过她。太铁实了，整天马不停蹄地忙里忙外，好像从来没有听见她喊累，叫苦。在龙塘村民的眼里，仿佛天底下没得比她更铁实的人了。因此村里人，包括李家人都喊她矮骡子、铁骡子，认为她就是不生病、累不死的铁骡子。久而久之，大家完全忘记了她的名字香兰。

随着弟妹们渐渐长大，她的重压应该逐渐轻松一点，然而许多事情还是离不开她。如今香兰已经十六岁，在农村本该早就许配人家了，可她是家里必不可少的人手，父母狠心拒绝了好多登门求婚的帅小伙子。香兰在龙塘村不算漂亮，但是心地善良、手脚勤快却是出了名的。赢得了许多小伙子的青睐，更赢得了一心一意想要居家过日子的人的艳羡。

大姐一见土森进门，甜甜地一笑："土森来了，才烧火（煮饭），饭还要等一会儿，耍会儿就熟了。"大姐是李家唯一喊他名字的人。

李家人早就把他当作自己人。因此一般没有什么顾忌和防范。"大姐，二哥、三哥他们还没有回来？"说话的时候，土森的眼睛在火塘边、灶孔门前巡视，希望有所发现。鸡骨头是无法辨认的，然而鸡毛的颜色肯定会证明事实。小小年纪，搞不懂为什么黑鸡婆飞掉的时候，李家兄妹刚好又吃过鸡肉。今天的鸡肉，会不会就是自己家的黑鸡婆呢？如早知道是自家的鸡，根本就不应该吃，也不能吃。吃了，不光是婆婆心疼，爸妈也心疼，自己也心疼。

转念一想，今天丢鸡和吃鸡肉，也许纯属巧合，根本不是自己家的黑鸡婆。

大姐往灶膛里添了一根粗柴，笑着问："你在找啥子？他们都还没有回来。"猜测他来找他们玩，一个孩子有什么事呢？灶膛里的火苗跳跃着，灶门前柴草时而亮时而暗，看不分明。

二哥金忠十五岁，极不情愿地替父母分担压力，被迫参加生产队劳动，偶尔装病。三哥银忠，十三岁，扯猪草捡牛粪做些力所能及的事情。四姐桂兰快要五岁，负责带好五弟。六妹多数由二婶带，偶尔也由四姐照顾。最近几天，六妹被二婶带回他们的外婆家去了，据说四姐他们的外婆生病了。

土森一直不明白，一大群孩子，为什么就没得一个去上学的呢？是他们读不走，还是缴不起（一学期一块二）学费？一直到土森长大后才明白，李家的哥哥姐姐、弟弟妹妹之所以都没有上学，不光是因为孩子多，最主要的是父母缺少远见，并且或多或少有点自私的缘故。只想将孩子们像喂猪一样地养大，却不注重他们真正的成长。

为了隐瞒秘密，土森问："大姐今天煮啥子好吃的，有没有肉哦？我，我好久没有吃过肉了。"

香兰笑笑说："哎哟，土森饿肉了。今天没得，等哪天煮了肉，专门给你留一大坨。"其实，他们一家人也有十来天没有吃肉了。

不太亮的灯光下，什么鸡毛都没有一根。土森悻悻地对香兰说："大姐，我回去了，婆婆也在煮饭了。"

"你不在这儿吃了？"她相信，土森婆婆煮的饭菜更香，婆婆是村子里有名的煮饭高手。在村子里，随便哪家有个黑白喜事的煮饭之事，非她莫属。香兰同时佩服婆婆心肠好。日子虽不富裕，却也要竭尽全力救济他人。村里的孤寡老人，没得谁没有吃过她做的盐白菜、豆腐乳。房后面的邻居杨大爷，虽然吃着生产队的粮食，然而下饭菜，吃得最多的就是她家的豆腐乳、盐白菜。

如果遇见讨口要饭，哪怕她自己饿肚子，也要将碗里为数不多的饭端给人家。有人不解，背地里嘲讽着："自己屁股都在流鲜血，还去给别人医治痔疮。"唉，天底下，竟然有心肠如此好的人。

黑鸡婆去了许久，婆婆一直耿耿于怀。土森虽然怀疑，但是苦于没有证据。

有一天，四姐桂兰冷不丁告诉土森说："你们家的黑鸡婆，肯定被鸡豹子拖了！可惜了！"其实，她知道秘密，虽然过了嘴瘾，然而内心一直抱歉、羞愧，觉得自己做了对不起土森的事情。

黑鸡婆丢了，母亲和婆婆为了土森姐弟的学费和盐巴钱只得另想办法，偷偷卖一点自留地里的蔬菜。

"可恶的鸡豹子！四姐，你说鸡豹子长的啥样？"土森天真地想：如果遇见了鸡豹子一定喊它把鸡还回来。

"鸡豹子，长得有点像猫，黄色的，也有的地方喊它黄鼠猫，比猫长得长，长溜溜的。尾巴很长，狡猾得很。"四姐嘴上这样说，而心里忐忑。暗地有些后悔，后悔没有早点知道三哥去偷土森家的鸡，如果早知道，就一定阻止他的行为。可是，当鸡肉干煸熟后，那个香味勾引得将一切耻辱、一切羞愧，都忘到九霄云外，迫不及待地跟大伙抢食起来。

土森长大后，才清楚四姐所说的鸡豹子，其实就是黄鼠狼。书本上的歇后语：黄鼠狼给鸡拜年——没安好心，说的就是它。黄鼠狼虽然狡猾，但是身子瘦小，一般在夜间活动，大白天，众目睽睽，怎么会拖走三四斤重的鸡婆？就算长大后，土森仍然没有弄明白的是：四姐为什么要告诉他黑鸡婆是被黄鼠狼吃了。

土森也不敢在婆婆、母亲面前提起李二爸他们家吃鸡肉的事情。从小受民间故事的影响，在没有弄清楚事情之前，绝对不能搬弄是非。《家有贤妻》也是关于鸡的故事，这个故事，还是与人为善的最好教材之一。

传说，很早以前的小镇上，有一位穷书生。穷得饭都吃不饱，却娶有一个善良贤惠的妻子叫青莲。穷书生夫妇俩，平时就靠帮别人写写书信，写写神榜对联什么的，聊以度日。

有一年快要过年了，这天，穷书生写的对联卖了几个钱，心里高兴就买了一只鸡，拿回家让青莲杀了煮起。穷书生转身又上街。一来，想继续赚一点钱，二来，想打一点酒回家跟青莲喝。

贤惠勤劳的青莲赶紧宰鸡、烧水，一会儿工夫就把鸡烫好了，准备等穷书生回家问他怎么个吃法。是清炖，还是红烧？于是将烫好的鸡搁在菜板上。

就在青莲等待穷书生回家的时候，邻居富贵过来了，先是到处看看，好像在寻找什么。突然看见菜板上的鸡，冷笑了一下，抓起鸡就走了。临出门的时候撂下一句话："兔子还不吃窝边草，邻居咋个干些偷鸡摸狗的事情！"然后扬长而去。

青莲见富贵家的鸡丢了，恰巧自己宰了一只鸡，如今毛也烫了，到底是不是他们家的鸡？谁也说不清楚。一个穷人，仿佛比别人矮半截，找谁去理论呢？

到了下午，穷书生高高兴兴打了半斤酒回家，却发现青莲没有煮鸡，便问："我买的鸡呢？"

青莲害怕穷书生找富贵理论，吵起来不好。既坏了名声，又伤了邻里和气。因此撒谎说："哎哟！都怪我，刚把鸡烫好，转身出门去抱柴，没想到柴抱回来的时候，鸡遭野猫子拖起走了。都怪我，都怪我，大意了。"

穷书生没有抱怨青莲而是自言自语道："就是一个穷命，来来，没得鸡肉，寡酒也喝一杯。委屈你了，等明天我卖了对联，又（再）买。"

第二天，富贵家跑丢的鸡又回去了，富贵才意识到做了一件对不起穷书生两口子的事情，碍于面子，又不好直接对穷书生说对不起。他知道书生人穷志不穷，便决定暗地里帮助他们一把。

这天，富贵赔着笑脸过来，对青莲说："嫂子，哥哥天天上街卖字和对联，依我看，可惜哥哥的才学了。还不如喊哥哥先办一个私学（塾），一边挣钱，一边温习诗书，将来肯定能够考取一个功名。"

青莲为难地说："不要说办学了，你看嘛，我们家连一个像样的板凳桌子都没得，更没得地方。"

富贵连忙说："这些，都好办，只要你说服哥哥，我们家什么都有，我家儿子就交给哥哥教。我们出桌椅板凳、地方，就权当儿子的学费。你看要得不？隔壁邻居这么近，你也可以过来帮哥哥看管学生娃儿。"

青莲把富贵说的好事，讲给穷书生听。

穷书生一贯尊敬青莲，既然妻子都开口说了，就依了青莲。

一开春，像富贵所说的那样，在隔壁办起了一个私塾。在富贵的带头下，小镇上的许多娃娃都来了。这样一来，富贵白天教书办学，夜晚就温习诗书。

攒足了盘缠，穷书生终于有机会参加京师会试，不负众望博取了功名。

有一天，他又带回一只鸡，让青莲宰了烫了。青莲才对他说那一年的鸡不是野猫子拖走，而是怎么一回事。

穷书生起初生气，想了想，人家巴心巴肝地帮助我，不就是因为做错了事情在赔罪吗？如果当年青莲把事情的真相告诉了我，说不定闹他个天翻地覆、昏天黑地；打他个头破血流、人仰马翻。邻居也搞成路人，哪里还会有今天呢？于是深情地对青莲道："你真是我的贤妻。"

土森家的鸡，最终成了无头案，这也是小孩子之间的秘密。

猪食锅里的鸡蛋

那是一个夏天的夜晚，父母上院场脱离麦子（打麦子），夜战去了，姐姐做作业，婆婆带弟弟串门去了。

土森悄悄溜进了李家，李二爸、李二婶、大姐、二哥都不在家，估计也是夜战去了，要么砍柴太多还没有回来，只见三哥在煮猪食，四姐带着弟妹蹲在火塘边捡起核籽（烧过的炭）在地上乱画。

圆圈呢？不圆；人呢？不完全像人，只有花花草草还有些像。

猪食锅上，热气腾腾，水蒸气中，飘浮着猪草和洋芋的香味。

土森知道猪食锅里煮着小洋芋和猪草，眼睛转向煮猪食的灶，见灶孔里的火旺旺的。火苗一闪一闪，照得三哥的脸通红，三哥却不言语，眼睛盯着冒着热腾腾水蒸气的猪食锅，对土森的到来爱理不理。

四姐看见土森，非常高兴说："奶儿子，来，我们耍一会儿，猪食锅里的洋芋就要熟了。"言下之意是洋芋熟了，可以吃。

五弟抢着说："姐姐，我要吃，我要吃！"

猪食锅里捞吃食，这是山里人见惯不惊的事情，小洋芋、细萝卜、猪草都是用水淘过，能吃。食物贫乏的年代，人与动物争食是经常发生的事情。

土森跟着四姐在地上乱画了一会儿，三哥从专门煮猪食子的灶门前站了起来，果真慢吞吞地从锅里捞了几个洋芋蛋蛋，搁在灶头上不等晾冷，就冲大伙说："吃得了，快来拿！"

土森跟四姐他们从小一起长大，从来不分彼此，跟四姐一样，丢掉手中的核籽，飞快地从灶台上抓起鸡蛋大小的洋芋，有点烫手，左右换换手，赶紧吹吹，然后，慢慢剥开皮，欢快地咬着，淀粉非常重，真香真面："好吃，这么好的洋芋都拿来喂猪了？"感觉有些可惜，有些奢侈。土森无比感慨，他家喂猪的猪食从来没有这么好，那都是拇指大小的鬼蛋蛋，一点都不面。

四姐望着土森的饿相，笑着说："二哥三哥捡的。"是啊，如果不是两个哥哥时不时捡些回家，日子也好不了多少。

一直以来，土森觉得李家比较富裕，从来不缺粮食。因为他们家劳力多，粮食多。年猪又肥又大，还三四条，腌制的腊肉膘肥，肉吃起来又油又香，一年四季都有肉吃。

同样是生产队劳动分粮食，土森家的粮食总是紧缺，婆婆舍不得给猪多喂粮食，因此喂的猪总是长不大。宰一头猪，卖给公家（商业局）三十斤，就要去掉半边，加上请刀儿匠和亲戚们吃一顿，便所剩无几。

土森、桂兰他们大口大口地饱餐着灶头上的洋芋，而不见三哥吃，估计他不饿。却见他一直在锅里捞选着什么，他在捞选什么呢？莫非还有比这更好吃的东西？土森慢慢靠近灶台，眼睛死死地盯着三哥的一举一动。

三哥脸一红一红地问："还没有吃够？我再给你捞几个，拿回去给你的姐姐弟娃儿和婆婆吃！"想尽快支他走。

自己吃了，哪里好意思拿回去。土森赖着不动，一边继续跟四姐桂兰、五弟铜忠、六妹秋兰在火塘边玩核子，眼睛继续瞟向三哥银忠。他一直在锅里寻找什么。找了很久，三哥好像揣了一个洋芋进衣兜里后站起来说："尿胀了，出去撒泡尿！"

想知道三哥到底有什么秘密，土森赶紧站了起来，假装也要撒尿。跟在三哥身后，三哥钻进他家房子旁边的低矮厕所。厕所旁边，李家猪圈，猪圈里的三头猪，听见有人走过来，激动得用有力的大鼻子拱门，只听见乒乓、乒乓的响。三哥骂道："害瘟的，挨刀的，就来，就来！"

一个蹲位的厕所，土森不好同时跟进，只好等三哥出来，便假装尿急地吼："三哥，你快点！我胀得很了。"

三哥口齿不清地大骂："龟儿子，见人拉屎，沟子痒，老子不来，你不来，实在胀得很了，滚回你们茅厕里去。"一听语气，就知道嘴里含有东西。吃自己家的东西，正大光明，何必躲在厕所里吃呢？

土森觉得奇怪，故意撒娇道："不嘛，来不及了，快撒到裤子里了，三哥你快点！"

"瓜娃子，有事没事，赖着我们。我们一家人又不欠你们的！你以为爸妈爱你，我们就都爱你，滚回去！"三哥不耐烦了。是啊，李家已经有六个孩子了，哪里还真的心疼一个没有血缘关系的孩子呢？

被骂的土森没有生气。因为四姐五弟不但挨骂，偶尔还会挨二哥三哥的打。打得头破血流的事经常发生，还不是一家人？弟兄姊妹之间大大小小的摩擦的事情多得很。

那次，三哥拴了沟那边一户人家的大黄狗，弄在木楼梯上吊死，剥皮后煮了一大锅，喊来龙塘村的年轻小伙子和娃娃些都来吃。那是人家的看门狗，狗丢了后，主人家到处寻找，却没有找着，根本没有怀疑李家。

一富遮百丑，李家不但有远近闻名的铁骡子劳动起来非常厉害，而且李二爸是生产队耕地的能手，耕地时，一背一背地捡回洋芋、萝卜，二哥三哥都是劳动力，分得的粮食多，猪喂得又大又多又肥，一年四季都有肉吃，哪里会偷狗，打死来吃呢？然而，天底下没有不透风的墙，过了一段时间，狗主人家找上门来，要三哥一个说法，三哥整死抵赖。最后，不了了之。

人家走后，三哥质问四姐："四短命的，是不是你说出去了？早晓得，就不给你们吃！"

四姐哼了一声："你喊那么多人都来吃了，又不是只有我一个人吃了。"

三哥见四姐顶嘴，抓起火塘边的火钳就朝四姐打去，四姐额头上顿时血流如注。四姐抹了一把鲜血，没有哭，嘴里骂道："三短命的，你有本事就把老子打死，打死算你有本事。"

三哥害怕爸妈回家后挨打，赶紧找来插在柱头上的"毛蜡"，扯了些"毛蜡"上的绒毛给她摁在额头上。

四姐却摇摆着，不让用"毛蜡止血"，嘴里骂道："滚开些，老子不要你。"此时，恰巧大姐回来了，看见四姐的额头在流血，赶紧放下背水桶说："妈老子些，你们咋个了？"

四姐说："三短命打的！"

三哥道："她嘴嚼，该挨！"

一寸多长的口子，靠"毛蜡"根本止不住血，最后还是大姐带着四姐去了龙塘村有名的土专家那里用云南白药把血止住了。很多年过了，四姐额头上的伤疤仍然若隐若现。

三哥终于出来了，抹了抹嘴，站定后，发现土森还在门外，有些冒火："你不是胀得很了吗，还没有走！"

"嗯，没有，我就要在这儿撒。"农村的孩子一泡屎一泡尿都不会乱撒，人们到处捡狗屎就是因为——庄稼一枝花，全靠肥当家。屎尿不但可以肥了庄稼，而且还可以挣工分。

"吃家饭，拉野屎，狗日的，你们屋头连一泡尿都得不到。"三哥鼻子哼哼，快步进了屋。其实醉翁之意不在酒，恨土森跟在身后，极为不舒服。

土森钻进厕所，看不清楚里面有什么，不经意间脚下踩着什么干脆的东西发出"噼啪"声，土森伸手摸了摸脚下，摸着指甲般大小的鸡蛋壳。哦，明白了三哥躲在厕所里吃鸡蛋。然而，这个秘密，土森不敢告诉任何一个人。如果他透露了三哥的秘密，一传十传百，一定会传到三哥耳朵里，会不会跟四姐一样挨打？就算不遭三哥拳打脚踢，肯定没有好日子过。然而，土森非常肯定，三哥吃的鸡蛋肯定是偷的。

终于有一天，土森悄悄把发现的秘密告诉给婆婆："婆婆，三哥在猪食子锅里偷偷煮鸡蛋吃。"

说者无意听者有心，婆婆有些担心：土森一直在李家会不会受他们的影响？虽然不懂近朱者赤近墨者黑的道理，然而常言道：跟好人，学好人，跟着端公，学跳神。一个孩子的成长，学校、家庭、社会环境都非常重要。虽然李家有恩于土森，然而绝不能让土森变成跟他们的孩子一样。

一天夜里，母亲在摇曳柔弱灯光的煤油灯下纳鞋底。突然招呼土森姐弟仨说："来，来，都坐过来。"

一贯忙得不可开交的母亲从来没有这样严肃，也从来没有对土森姐弟们进行说教。

母亲表情非常严肃，懂事、听话的姐姐丢下正剁的猪草和刀，赶紧抬了一个矮独凳，乖巧地坐到母亲身边，望着母亲的脸轻轻喊了一声："妈！"

弟弟不太懂事，仍然在旁边玩他的梅核子。

婆婆收拾起猪草刀，对土森说："你妈喊你们过去，有话说！"

土森害怕自己哪里做错了，退缩着。小脑筋飞快旋转，最近没有做什么错事呀，是不是不该吃李家的喂猪的洋芋？吃他们家的东西，母亲从来没有说什么，只是偶尔家里有什么东西，也时不时给他们拿一点，作为补偿。

"过去呢，你退啥子？"婆婆脸上非常平静，不像有什么严重的事情。

母亲慢慢开口说："我们这一家人，是堂屋里栽柏树——清白到家了的一家人。"

婆婆点头说："我们老家，穷得不得了，从来没有去偷人家的东西。"说着，婆婆讲起自己的故事。

婆婆老家在坝区，租地主家的地，种桑养蚕，种红薯、水稻。年成好（风调雨顺），有收成，基本上能吃饱肚子；年成不好，吃不饱肚子不说，还缴不起租子。缴不起租子的时候，人家会牵走养了整整一年的过年猪。甚至，吆走家里养的鸡鸭鹅等家禽。为了逃避催租的，不得不将年猪早早杀掉，哪怕你把猪杀了，人家还会将肉收走。唯一纯粹逃得了的是，把猪吆至附近寺庙旁边，或者距祠堂近的地方拴着。催租人一般不会想到猪会藏在寺庙或祠堂附近。

有一年，桑树遇见病灾，几天工夫桑叶全部枯黄了，并且掉得一干二净。家里几大簸箕蚕，没得桑叶喂。"勤养猪，懒养蚕，四十天就要见现钱。"那是养了三十多天，蜕了三次皮，拇指粗，白得发亮的老蚕，眼看就是快要上山的蚕呀。婆婆跟她的爸妈含着眼泪，趁在黑夜悄悄将几大簸箕蚕送到有桑叶的人家，辛苦了三十多天的成果就这样白白送人，那是成千上万条生命呀。白花花的银子就这样化为乌有，那年的灾难确实是致命的，桑树遭灾不说，水稻还歉收。一家人没得吃，缴不起租子。饿着肚子，还迎来了特别寒冷的冬天，这是坝区罕见的冬天。没有一床像样的被子，没办法抵御寒冷，只好将夏天的蚊帐取下来用针线连一下，装上干红薯叶当被子盖。

欠钱还债，这是天经地义的事情。婆婆的母亲狠心以一碗大烟的价钱将婆婆的姐姐卖进了山区。在走投无路的情况下，婆婆进山投奔了她的姐姐，并在姐姐的安排下成了家，后来成了龙塘村村民。

母亲等婆婆说完后，道："我今天给你们说清楚，做人，要清清白白，行得端，坐得正。切忌学着偷鸡摸狗。"

"吃东西要正大光明地吃，切忌偷吃，不相信？问你们婆婆。偷吃东西没得好事，噎死了的人都有。"

接着婆婆讲起故事。

有一个新媳妇，进门没几天。在家里煮饭的时候，最喜欢偷吃，有一天，正当偷吃鸡蛋，刚把鸡蛋衔在嘴里，突然听见门外传来老人婆的脚步声，因为害怕，赶紧往下吞，结果噎死在灶台边。

新媳妇死后，婆家看她可怜，便将好几件新衣服给她穿上，安葬掉了。

给新媳妇穿了几件新衣服的事，恰巧被一个专剥鬼皮的人（以盗墓脱死人衣裳为职业）知道了。那是一个月黑风高夜，剥鬼皮的悄悄来到新媳妇的坟墓前。要知道，这个剥鬼皮是门技术活，首先要准备一根套绳，扒开坟墓，掀开棺材，跳进去，将死人抱坐起，将套绳一头套在死人脖子上，一头套在自己脖子上，腾出双手刚好剥死人的衣服。借着天上的星光，他摸索着新媳妇崭新的衣裳，非常高兴，心想发财了。正当剥鬼皮的万分高兴的时候，突然听见新媳妇喉咙上发出"咕噜"一声。剥鬼皮的不由得一惊，剥了大辈子鬼皮的他，从来没有遇见过这种情况，还没有反应过来的时候，新媳妇又发出了"哎哟，我的妈呀！"的叫喊声，吓得那人丢下新媳妇，逃之夭夭。

新媳妇醒来后，跑回去敲门大声喊："爸爸，妈，老公，我回来了，快给我开门！"一家人都听见新媳妇的呼唤，不敢开门。以为新媳妇死不瞑目，冤魂不散，变成厉鬼回来了。呼喊了很久，屋里的人就是不敢去开门。害得她又是打门，又是叫，一直在门外叫个不停。

新郎官实在是忍不住了，据说，鬼的声音没得回音，而新媳妇敲门和呼喊的声音好像有回音，应该是人的声音。于是起床，战战兢兢地来到门口，隔着门问："你到底是人，还是鬼？"

新媳妇哭着说："老公，我没有死，我，我偷吃鸡蛋噎着了。你快点给我开门！"

第二天，新媳妇一家人带着礼物专程登门去感谢剥鬼皮的，结果剥鬼皮的已经直挺挺地被吓死在床上。

这个故事，婆婆讲了多次，一会儿说偷吃鸡蛋，一会儿说偷吃汤圆，但目的就是一个告诫：吃东西一定要正大光明地吃，切忌偷吃，切忌做坏事。

还有一个传说，有三个去大山上挖药的药夫子（据说这个故事就是发生在龙塘山），挖了十多天药后，背着晾晒得半干的药材下山，走到半路上累了，就进了半山上的一座寺庙。恰巧看守庙子的庙祝不在，药夫子放下背上的药材，就在寺庙里歇脚。

其中有个药夫子叫张三，他东看看，西瞧瞧，想寻一点能够吃的东西。他们看庙子的神龛上没有供果，只有几瓶清油，有些失望。转身向寺庙外望去，惊喜地发现庙子外面洋芋地里的洋芋苗，花已谢了——洋芋基本上成熟。

寺庙里锅灶、柴米、盐巴等都是现成的，相当方便。

张三提议说："嘿！这儿有现成的清油，我们何不去洋芋地里挖些洋芋来炸着吃？"

李四有些异议说："没得人，随便吃人家的要不得吧。"

王五说："哪个说的要不得，寺庙里头的东西，没得哪样不是众人上供的，既然是众人的东西，是人，就可以随便吃！"

张三找了一把寺庙里的锄头，不管三七二十一，便去洋芋地里挖洋芋。

王五，赶紧去厨房抱柴烧火。然后，拿来神龛上的四瓶清油笑着走进厨房对李四说："你先把清油倒进锅里。今天我们好好吃一顿油炸洋芋。"

张三看见洋芋地里的洋芋很多，一不做，二不休，一挖就挖了一大撮箕，然后端到不远的水沟边，在山泉水里洗了洗。

其实，这些洋芋还没有完全长大，还很嫩，这个时候挖了的确可惜。它们不但还有可能长得更大，而且还能上粉。

李四见他们俩忙得不亦乐乎，赶紧帮忙，将嫩洋芋切成片，然后倒进锅里炸。厨房里顿时油烟四起，非常呛人。很快，一大盆洋芋炸好了。

李四心存戒备，没敢像张三王五那样敞开肚子吃，只是装模作样地象征性地吃了几片。

吃完后三个人背着药材，慢吞吞懒洋洋地下了山。

走着，走着，李四感觉肚子不舒服，有些隐隐作痛，对张三王五说："糟了，我肚子痛。"

张三笑骂着："你那个狗肚子，真的是没福消受，还没得我们吃得多，肚子就疼了。是不是装疯哟？"

李四说："没有，没有装，哎哟，我要去方便一下。"一边说一边钻进路边的树林里。

王五笑骂道："狗熊样子，就才吃了点洋芋，你看那个样子。胆小怕事。"

张三说："怕啥子？提说弄吃的是我，如果菩萨、天老爷要怪罪，就怪罪我，没得你们的事。"

王五说："我们都吃了。不要说那些，老子就不信邪！"

李四蹲在山坳里想：是不是偷吃了别人的东西，特别是寺庙里的东西，肚子才疼？等拉完了肚子，悄悄来到山沟旁边，洗了洗手，跪在地上面向山上的寺庙念念有词道："菩萨不要怪罪，我已经后悔了：今天吃了点灯的清油和庙里洋芋，我，我过几天，加倍偿还，一定偿还，还望菩萨保佑。"

事情凑巧，李四的肚子果然不痛了，跟着张三、王五下山后，各自回到家不提。

一点不信鬼神，更不信邪的张三，回家当天就得了急性肠梗阻，疼得他死去活来，由于当时缺医少药，医疗条件有限，最后生生被疼死。

在送张三上山的那天，李四走在人群中间，内心却非常恐惧，害怕菩萨惩罚，他一直认为张三的死亡跟偷吃了寺庙里的清油和洋芋有关。

李四悄悄问同样跟在送葬队伍中的王五说："没想到张三得病才几天，这么快就走了。"他想问王五的肚子疼不疼，但是他不好开口。

其实王五的肚子也疼了几天（肠炎），只是不好告诉别人。此时此刻，见李四这样说，只好跟着说："哎哟！哪个晓得这么快。真正是天有不测风云，人有旦夕祸福。"

事后，李四悄悄一个人提上两斤清油和三把挂面来到寺庙。

寺庙的庙祝看见他满脸笑容说："快请坐！我马上泡茶！"

李四羞愧地对庙祝说："不好意思。"

庙祝笑着说："来者是客，泡茶是应该的，有啥子不好意思嘛？请坐，快请坐！"

李四将清油和挂面奉上。

庙祝说："哎哟！一不是会期，二不是初一十五，那么客气干啥嘛！"

李四不得不将三人怎样偷吃清油洋芋的话一五一十地告诉给了庙祝。

庙祝爽朗地笑了说："哦！原来如此，是嘛！那天我回来，不晓得锅头黑乎乎的是啥东西。用手一摸，才晓得是清油。还在怪哪个人吃了东西不收拾干净嘛！乱七八糟的就走了，简直不像话！"

"对不起，对不起！那天吃多了，遛不动了。"

"算了，算了！不提那些了，你来了，他们嘛？"庙祝问。

李四不得不实话实说张三已经死亡。

庙祝沉默了一会儿叹口气说："哎哟哟！怪，只怪我那个师哥，那天他没得事，来我这里耽搁了一会儿，喊我跟他出趟门，我说多余的清油捡一下，他说不用捡，他下了啥子咒，说的是耗子偷吃了，要脱毛。人偷吃了，就跑不脱。哎哟！造孽了！造孽了！"

李四不但喝了庙祝泡的茶，而且吃了饭，然后心满意足地离开了寺庙。

归还了东西，李四走起路来都轻松了许多，精神了许多，从此再也没有感觉肚子痛了。

而王五却从此得了慢性肠炎，一沾油腻，就拉肚子，人也就越来越瘦。

突如其来的山洪

　　一个夏天的晚上，父母和另外两个村民叔叔去龙塘沟对面，给生产队的玉米地泡（灌）水。为什么给玉米地灌水需要四个人？如果是一般的土地（大土地，黏性强土壤多），三个人一分工就行，一个看水口，一个专门挖开口、闭水口，一个在畦尾看水流淌的程度报之以信。然而那晚上他们泡（灌）水的是一块沙土地。那是龙塘村著名的沙土地，地势微陡，最不保水，沙子很容易被水冲走。

　　水源取于龙塘沟，沟里的水来自龙塘山，由于多年的冲刷，龙塘沟很深。远远低于沙地。

　　要想将湍急的龙塘沟的水堵进沙地里（当时没得抽水机水泵之类的机器），需得用厚重的东西垫在下面，然后加上泥土，堵实、堵牢，提高水位，否则湍急的水流一下子会将附近取来的沙土瞬间冲走。为了尽快将水堵进沙地，父亲去玉米地收集了一大抱空秆（没有结玉米的玉米秆），跳进半人深的龙塘沟。龙塘沟宽处四五米，窄处两米多，它是一条由溪流山洪自然冲击而成的狂野小河沟。一抱玉米秆丢在水沟底部，双手摁，双脚踩住玉米秆，父亲大声喊："快！撮几簸箕土来！"

　　母亲在距龙塘沟不远处的沙地里，已经挖好了一畦玉米地的进水口，等待着水的到来。

　　母亲感觉额头上有一点水，抬头一望，豆大的雨点纷至沓来。暴雨来了，于是扯开嗓子喊土森父亲："快出来！"一旦龙塘山下暴雨，龙塘沟的水便会猛涨。

　　说话间，父亲被一位叔叔从龙塘沟里拉了出来。此时此刻，暴雨噼里啪啦、铺天盖地地下了起来。得赶紧回龙塘村。

　　顷刻间，龙塘沟的水猛涨，要想回村，必须过独木桥。而独木桥在龙塘沟的下游。

一旦龙塘山有山洪下来，家人有危险不说，整个龙塘村恐怕也会凶多吉少。其中一位叔叔透过瓢泼桶倒的大雨大声吼道："找水沟窄一点的地方，我们跳过去，跳过去！"

三个大男人，一边顺着龙塘沟往下游跑，一边寻找突破口——稍微狭窄一点的地方。

暴雨哗啦啦地下，龙塘沟的水已经猛涨，洪水中夹杂着龙塘山滚落其中的石头泥土，轰隆隆。

一位韩姓叔叔，没有跟土森父亲和另外一个人商量，使劲一跳，一下子掉进了洪水里。瞬间被洪水吞没，不知去向。

他们不得不继续顺着龙塘沟往下奔跑，希望能够营救掉进洪水中的同伴。暴雨打得人眼睛睁不开，自古以来羌族有个不成文的约定——同路不落伴。此时此刻，顾不得家人，顾不得汹涌的山洪。父亲他们两人拼命地奔跑，追赶黑暗中洪水中的老韩叔。

他们一直追到了大河边，朦胧中看不真切，浑浊的河水上翻滚着许多从村子里冲击下来的木头，漂浮着猪呀牛等家畜。

突然他们发现龙塘沟下方距河岸不远处有东西动弹着，莫非他就是老韩叔？活要见人，死要见尸，无论如何也得给韩家人一个交代。

父亲忘记了自己不会水，奔向大河水中……

话还得分头说，当暴雨来临的时候，母亲跟在父亲他们身后，高一脚低一脚地奔走着，母亲看不清楚脚下，左脚踩在一个石头上，石头一滚，扭伤了左脚踝，顿时疼得走不了路，只得一拐一跳地往独木桥处走（走在后面的她不知道独木桥已经被山洪冲走），恰巧遇见本想过桥去沟北龙塘村看望闺女的马大伯，马大伯打着伞，见独木桥不见了，准备转身往家走。

马大伯看见母亲，大声说："大姐，桥没得了！"话声却被哗啦啦的雨水声和轰隆隆的山洪声淹没。

"哎，啥子？"母亲不清楚马大伯说的什么。

"桥没得了，你回不去了！"

"马大哥，你看见过有没有人过去呀？"

"没有哦，要不？去我们家躲一下雨，等雨停了，水退了，再想办法回去？"

"我？"夜晚，母亲不想打搅别人。但是脚疼，独木桥没有了，无论如何是回不去了。

"不怕得，几步路就到了。顺便弄点药酒给你把脚揉一下。"马大伯直接将手中的伞递给母亲。

不得已，母亲只好跟马大伯回到邻村马家。

马大妈非常热情，赶紧将火塘里的火烧得旺旺的，找来干衣服，让母亲换上，然后将母亲的湿衣裤架到干柴上烤。与此同时，马大伯弄来药酒，给她揉脚踝。

母亲非常感激，一个劲儿地说："劳累了，不好意思，添麻烦了，给你们添麻烦了。"

马大伯淡然地一笑："哪里话，为难的时候，哪里有袖手旁观的呢？"

马大妈说："人嘛，哪个会没得麻烦呢？不要客气，都是一个镇的。"

天亮后，雨停了，山洪消退了，母亲扭伤的脚，疼痛减轻不少，在马大伯儿子帮助下，终于回到了龙塘村。

此时此刻，土森姐弟仨，还有婆婆跟李家人一样和衣躺在龙塘村生产队保管室二楼的楼板上。

不懂事的土森回忆起昨晚上的暴雨，并没有感觉心惊肉跳。只记得睡梦中被婆婆喊醒："大女子、土森、幺儿起来，不要睡了！"

迷迷糊糊中，土森揉揉睡眼，嘟噜着："啥子事，瞌睡都不准睡了？"

"快！赶快穿衣裳，快点！"婆婆一贯风风火火，不由分说，抓起弟弟的衣裳三下五除二给套上说，"你们两个快点！屋头进水了。"自言自语叹气道，"老天爷呀，下不得了，下不得了！"

泥土盖的房背一直以来都在漏雨。外面大下，屋头大漏；外面小下，屋头小漏；外面不下，屋头还在继续漏。土森三姐弟已经习惯了睡梦中，耳边伴随着漏雨的叮咚声、滴答声。这里漏雨吗？接个盆盆罐罐，或者换个地方，同样可以继续睡觉。

婆婆抱起弟弟催促着："快点，屋头进水了，快跑！"这下听清楚了，是屋头进水了，而不是漏雨了。

懂事的姐姐赶紧穿好衣裳问："婆婆要不要抱点啥子？"

婆婆慌乱地说："逃命要紧！东西算了，抱起跑不动！"

一只鞋子上卧着土森刚从人家那里要回来的小狗，见土森找鞋，可怜兮兮地望着土森，奶声奶气地汪汪叫着。

牵着弟弟的婆婆听见了狗儿叫，冲姐姐说："要抱？就把狗儿子抱起，好歹是条命！"

祖孙四个刚好开门，便听见李家人也出门了，李二爸抱着铜忠，冲婆婆喊："快点走，屋头进水了。"

"一样的，我们屋头也进水了！"漆黑的夜，暴雨哗啦啦。婆婆毅然决定说，"去保管室，保管室地势高点。"

土森家人与李家人，逃到了保管室。保管室门口的小屋，既是杨大爷的看守屋，又是他的起居室。

小屋装不下十多个人，杨大爷只得安排他们暂时睡在保管室楼板上。

人们浑身湿答答地流淌着雨水，给保管室楼板留下一摊摊、一汪汪雨水。

楼板下面，是生产队的粮仓，里面有才收藏进去的麦子。如果雨水渗进去，粮仓里的粮食肯定会受潮、霉烂。

杨大爷赶紧找来干燥的衣裳、烂布让大伙擦楼板上的雨水，及时阻止雨水漏下去。

婆婆对姐姐说："狗儿子不要弄到楼板上，万一拉屎拉尿。"

人都到楼板上了，狗儿子放在什么地方呢？土森动着小脑袋，却没有找到合适的地方。

婆婆见姐姐没动说："先把它放在杨爷爷小屋头去。"

暴雨不停地下着，姐姐浑身上下都流淌着水，如果回去放在杨爷爷的小屋里，又要淋雨。

土森心疼姐姐，嘟囔着："早晓得这么麻烦，就不该抱它。"

婆婆不高兴了说："狗是条命。"

李二爸说："狗不光是一条命，还是我们的衣食父母，救命恩人。"

记得李二爸讲过一个故事：传说很早以前，以狩猎、游牧为生的羌族人，还没有种粮食的经验和习惯，更没有种子。

有一年，有两个接受新鲜事物的羌族年轻人，准备到很远的地方去买粮食种子，想学习别的民族那样来种植粮食，从而定居下来。最后，有经验的人建议他们买青稞种，青稞适合高海拔。

两个年轻人很快买了两小袋青稞种子，各人背了一小袋往羌寨赶。他们一路上翻山越岭、跋山涉水，虽然辛苦，但是感觉非常快乐，跟随他们的忠实的猎狗也快乐地跑前跑后，一路撒欢。

赶路时，突然下起了大雨。时间不等人，为了早一点把青稞种子种下地，两个年轻人不得不冒雨赶路。

走着走着，一条大河挡住了他们的去路。上一次出来经过这里的时候，是晴天，河水小，加上是空手，蹚水几步就过了河。这一次，河水猛涨，河面也宽了很多，湍急、浑浊，看不清楚河底有没有危险。

两个性急的年轻人，背起青稞种子，就开始蹚水过河。哪个晓得，这次的确与前次不同。从山上下来的黄泥巴堆积在河中间的石头上很滑，根本踩不稳，当他们还没有走几步的时候，就东倒西歪，退也不是，进也不是。

　　走在岸边上的人，看见两个不会水的人在水中挣扎，就是舍不得丢掉背上的东西，就大声喊道："快！把背上的东西甩了，顾命要紧！"

　　两个年轻人眼看就要被大水冲走，不得不把背上的青稞种子狠心地丢掉。

　　两个年轻人非常沮丧地回到寨子，就在年轻人不好面对亲人的时候，有人突然发现猎狗尾巴上卷毛处夹了几颗青稞种子。他们惊喜万分，赶紧将那几颗青稞种子种下地。原来，种子是猎狗在人家青稞堆里撒欢打滚的时候，带回来的。

　　第二年，夏天收获的时候，人们将不可多得的青稞种子揉了下来，发现青稞种子中间有一道不深不浅的缝。

智与力的故事

那场暴雨山洪给龙塘村造成了不可估量的损失，损失最大的要数土森家，不但低矮房屋的两面墙被摧毁了，而且失去了作为顶梁柱的父亲。贫困的家，雪上加霜。

一家人的担子，从此落在母亲身上。婆婆为了一家人吃饱肚子，经常煮的是菜面汤，其中玉米面少，菜多（偶尔还是野菜多）。或者煮玉米疙瘩，干的捞一碗给成天劳动的母亲和正在长身体的姐弟仨，婆婆每天喝着清汤寡水的面疙瘩汤汤。

常言道："家贫出孝子。"土森姐姐一夜之间仿佛长大了许多，当时的她才十二岁，上初一。虽然十二岁，但是体格不壮，跟同龄人比起来略微瘦弱，矮小一点。看见母亲一个人挣工分供一家五口人，土森姐姐非常心疼。一天上午，赶在母亲出工之前背了背篓（生产队背干粪），准备辍学挣工分，帮着母亲婆婆撑起这个家。

婆婆发现姐姐没有背书包，却背起背篓，吼道："哪里去？转来！"

婆婆的严厉不光在家，在龙塘村都是出了名的，村上那些懒惰的年轻人见了她就躲，如果躲不过，见了她就跑。婆婆逮着一个，训一个，训得狗血淋头。

姐姐低着头小声说："我，我不想上学了。"

婆婆一听脸色大变，并且气得发抖："不想上学？你们母亲起早贪黑，为什么？我一个老太婆忙里忙外，煮饭喂猪，到底是为了什么？还不是希望你们姐弟仨能健康成长。成为有用的人，千万不要像我这个老婆子一样是个睁眼瞎（文盲）。"

姐姐不敢大声说话，小声道："妈她一个人，要养五张嘴。"她心疼母亲，白天跟大伙一起下地劳动，为了多挣一点工分，晚上还要争取去夜战（泡夜水、看守玉米地等）。身强力壮的男人都吃不消，何况还是一个女人。

婆婆知道姐姐的心意，知道姐姐有孝心，苦笑着说："你一个还没有长大的女娃子，唉！哪里行？还是去上学吧！"

"不，我不想。"姐姐坚持着。

"你是读不起走，还是不想读？"婆婆追问道，其实她非常清楚姐姐读书的成绩在班上一直名列前茅。

姐姐撒谎道："读，读不走。我，不去了，我去队上做松活一点的活路。"她想：今天遇见背干粪，人家背一背，我背半背；人家挣八分，我挣六分，哪怕只有四分，也总比妈一个人挣工分强。添一点，算一点。父亲不在了，一家人五张嘴，完全落在母亲瘦弱的肩膀上。

婆婆见姐姐的脾气跟她一样犟，不到黄河心不死，恨铁不成钢地说："试一天！肚子吃饱些。"料想她身体太弱，又没有长期参加体力劳动，也许坚持不下来，不要说一天，估计半天就会累趴下。

最后强调了一句："背合适就是了，年纪轻轻千万不要把哪里整着了（弄伤）。"

姐姐一边答应："晓得了！"一边逃也似的离开了家。

果不其然，背了整天干粪的姐姐，一回家，倒头便睡。一觉睡到了第二天天亮。累是累，但是心里舒服，挣一点总比不挣好呀，多少能为母亲减轻一点负担，为这个家出一点力。

比姐姐小三岁的土森，觉得姐姐不读书，不做作业，以为就是上山下地，无拘无束，也磨蹭着不想去上学。

此次，婆婆不声不响地抱起门外长溜溜的磨刀石，对土森说："土森，你是不是也不想上学了？"

土森不知婆婆抱磨刀石干什么。这个磨刀石，长一尺半，宽七八寸，麻黑麻黑的石头，硬度大，估计有十多斤。

"不想上学，就把这个石头抱到队上保管室去！"婆婆紧锁眉头，一定要好好收拾一下他。

"我们家的磨刀石，抱到保管室去做啥？"姐姐好奇地问。

婆婆说："等我把土森的事情弄好了，再跟你说，你先不准走哦！"

"杨大爷那儿，拴狗用！队上的粮食需要一条狗帮忙看守！"

姐姐瞟了一眼婆婆，既然狗儿都留给杨大爷了，杨大爷自己想办法找拴狗的东西，还需要从我们家抱？

土森一看这个磨刀石不大，估计也不重。不就抱过去嘛，路又不远，有什么好难，抱一个石头比读书写字轻松得多，非常爽快地答应，说："磨刀石抱过去，杨大爷，会不会给记个工分？"他也很想挣工分为母亲减轻负担。

婆婆知道他们的心思：见邻居李家没有一个孩子上学，劳动力多，他们一家人经常吃馍馍，吃面蒸蒸。苦笑着说："杨大爷不给你记，我给你记，下午给你蒸个大馍馍。"

土森听见有大馍馍吃，摩拳擦掌、跃跃欲试，抱一个石头，就能够吃上大馍馍，嗨！何乐而不为呢？说着，准备伸手娄起磨刀石。

婆婆非常严肃地说："抱这个石头，我还有一个要求，一路上不准歇气，要一口气抱到队上保管室大门口，才算事。"

一旁的弟弟乖巧地说话了："婆婆，我上学去了！这个石头，我抱不动。"

婆婆道："乖孙儿，你个人去哦，我要看你哥哥抱磨刀石。"接着对土森说，"丑话说在前头，如果磨刀石在半路上落了地，一来吃不成大馍馍，二来必须去上学！你看得行不？"

土森开心地笑了，这个有好难，不就一鼓作气地抱到保管室吗？今天大馍馍吃定了，从此，学也用不着上了。

婆婆却对土森说："不忙，等一会儿，先把你姐姐的事情安顿好了。"随即对姐姐说，"昨天你一回来就睡了，我忘记告诉你一件事了。"

姐姐不解："啥事？"劳动一天实在是累，倒头就睡。肉体累，辛苦，然而精神是愉快的，因为能够为这个家，为母亲和婆婆分担生活重压。

"昨天，我们屋头来了三个同学，说是你们班的，专程上门来找你。"婆婆表情严肃。

"找我干啥？不可能。"姐姐不相信，是不是婆婆骗人？一个学校，一个班有那么多人。多一个，少一个，哪个会在意？又不是什么至关重要的人，离了谁，地球照样转。

"嘿，你们班是不是有一个腿脚不方便的男同学？"婆婆见姐姐不相信，进一步证实。

"嗯，是有一个。他咋个了？"姐姐盯着婆婆的脸：他们是谁派来的，他们到底来对婆婆说了些什么？那个男同学的成绩在班上数一数二，居然来了，听老师说，他的家庭也非常困难，正是因为困难，他小时候帮母亲背洋芋，在一个狭窄的山路上为了让牛，结果摔了一跤，腿被摔伤，家里拿不了钱给医治，最后便落下了残疾，走路一拐一拐。然而学习特别用功，学习成绩在班上第一，而且在全年级也名列前茅。

"没咋个，他说你们班主任老师专门喊他们几个来请你明天去上学，说你的成绩好，不是读不起走！"婆婆的脸色铁青，继续道，"狗东西，你在我面前说读不走了，去，去上学，我昨天答应了，让他们放心，保证你今天去上学。要不然，他们一直要等到你劳动回家。"婆婆的语气非常强硬，根本没有半点商量的余地。

多好的班主任，多好的同学，说实话，离开他们，姐姐真有些舍不得。

婆婆突然提高了声音训斥道："今天就是天王老子跟我说，不管哪个再东说西说，都不得行，必须给老子去上学！"

见婆婆脸色大变，而且没有一点退让的余地，姐姐只得极不情愿地背起书包，给土森眨了眨眼，做了个怪相飞快地出了门。

话说土森，兴高采烈地抱着磨刀石就往生产队的保管室跑，谁知道十来斤重的磨刀石，在路上越来越沉，渐渐双臂酸疼，没有办法一鼓作气地抱到保管室。最后，土森，不得不妥协——上学。

到了晚上，婆婆还不依不饶地教训了一番，说是教训，其实是讲起了故事："无力，便要有智，晓得不？要不然，人就没办法活下去。"

传说，龙塘村一户杨姓人家有一位教书先生，这一个先生很有学问，有头脑。对那些好动，不肯读书的娃娃，有的是办法收拾，使他们乖乖地读书习字。

有一个身体弱小的孩子，大家给取了一个绰号——打杵棍（拐棍）。不要看他矮小瘦弱，调皮起来没人能比，不是捉来四脚蛇搁在别人的书袋里，就是弄来荨麻放在别人的板凳上，甚至弄来刺果里的绒毛撒进别人的衣领里。

打杵棍不但是先生的学生，还是他的亲侄子。大哥这个儿子从小体弱多病，大哥大嫂疼爱得有些过火，打也打不得，骂也骂不得。

为了惩罚一下打杵棍，让孩子们引以为戒。那天，先生趁他不备，一把抓住，将他抱起来问："读不读书？"

"不想！就是不想！爸爸没有读过书，还不是照样有钱。"

先生双手一举，把打杵棍放在学堂的一根梁上。

打杵棍害怕掉下来，不得不用力紧紧抓住梁，不敢松手。

先生慢条斯理地对他说："长大后，没得智慧也行，只要有劲就可以了，像你爸爸一样，上山下河，才不得吃亏。现在，你开始练劲吧！"

然后转身对孩子们说："如果还有哪个不想读书，就来练劲，没得知识，就得有劲。有智吃智，无智吃力。"

上不沾天下不着地的打杵棍，吊了一会儿就叫苦连天："哎哟！遭不住了。幺爸，快接我下来。我，我要读书了。"

先生不放，就是希望给他一点教训。在打杵棍的再三恳求下，先生才把他抱下来。

从那以后，孩子们再也不敢调皮捣蛋。打杵棍也乖乖读书，最后学业有成，学有所用。

那天晚上，婆婆带着姐弟仨，来到李家玩，一家人围在火塘，恰巧听见了李二爸给大家讲另外一个故事：从前，山上居住一家人，姓石，老子叫石包，儿子叫石头。虽然土地不多，但加上土地周围的山林、果树，老两口带一个儿子，日子还算均匀（基本上能过）。

常言说："人有旦夕祸福，月有阴晴圆缺。"就在老两口把儿子盘成人的时候，双双得病。

要知道"黄金有价药无价"，两个病人就是填不满的无底洞。石头向亲戚、朋友、邻居借了不少外债，然而，麻绳专往细处断，老两口因病相继死亡。

石头为了安葬父母，进一步去借贷，不得已答应用土地房产作抵押。

当时有一个人称"贪心鬼"的保长，虽然富裕，但是不学无术，因此在处理土地契约的时候，由居住在不远处的私塾先生来代为处理。

私塾先生看见石头为了父母倾家荡产，十分可怜。因此在写契约之前，就先去石头家周围和土地周围考察一番。

老实巴交的石头，一直跟在先生身后抹泪，私塾先生问："你到底借了人家多少钱了？"

一心一意医治父母，并送父母归山的石头忙得头昏眼花，有个本子记账，但搁在父亲的床上，结果被乡亲们帮忙烧床铺草的时候给毁了，所以他答不出具体的数目。

先生看着可怜兮兮的石头问："是你先找贪心鬼，还是他先找的你？"

石头回想起来好像是邻居王大爹提出的建议。

私塾先生见他木讷地站在一边，可怜他说："肯定是贪心鬼早就对你们家垂涎三尺，我看得想点办法，不慌把东西卖干净。"

"咋个得行呀！事先说好的呀！"石头不相信私塾先生还有什么回天之力。

私塾先生看石头家院子里有几棵柿子树，突然计上心来，笑着说："等一会儿，你只对贪心鬼说'柿树不卖'，就可以了。"

石头想：房子卖了，柿子树本来就在院子里，不卖？他们还能让我来摘柿子么？有些不理解私塾先生的意思。

私塾先生不放心，强调说："记着我刚才说的话哦！"

石头垂头丧气地跟在私塾先生身后说："晓得了，我听先生的。"

到了私塾，贪心鬼早在那里等了，贪婪地笑着对先生说："咋样？现在我们就写契约，按指印吧。"

私塾先生拿来笔墨纸砚对当事人双方说："看你们还有没有什么要说的？如果没得意见，我就开始写了。石头，你还有啥子话要说？"他特别提醒石头。

石头望了王先生严肃的脸色，看了看贪心鬼得意扬扬的神情，沮丧地说："我，我的意见是柿树不卖。"

先生点头说："好，好，石家柿树不卖。晓得了。保长你还有啥意见没得啊？"

贪心鬼不解其意，柿子树为什么不卖？不卖就不卖，反正在自己院子里。自古以来果木树下无栏杆，到了秋天柿子成熟的时候，等不到你来，老子早就把柿子摘光了。嗨！这么一个瓜娃子，还不卖呢，不卖？就不能算钱。老子还少给你一点。因此，非常高兴地说："我没得意见了。写吧！"

石头家的一切归贪心鬼后，借的账还得差不多了，还欠了亲戚一点，石头到处帮人打短工，走到哪家黑，就在哪家歇，日子慢慢过着。

转眼到了秋天，石头从私塾门前过，私塾先生对他招手说："石头，进来！"

石头走进私塾。

先生对石头说："马上就打霜了，我看柿子应该摘得了，要不要去摘你没有卖的柿子树上的柿子？"

石头胆小怕事，摇头说："柿子树在人家院子头，我哪里敢去？"

"要不，我跟你去，我敢断定他不敢把我们咋个。"私塾先生胸有成竹。

石头惦记自己欠亲戚的钱，想如果柿子能够卖一点，凑一点也好，答应说："我一个人不敢去，如果先生跟我去，我们就去。"

私塾先生笑着说："不怕他，你不光完全可以摘柿子，就连山上的树，你都可以卖，我敢保证他，再凶（厉害）没话说。"

石头不明白先生的意思，嘟囔着说："先生，说得轻巧，吃根灯草，我哪里敢哟。"

贪心鬼一见石头跟私塾先生来院子里摘柿子，不依不饶，大骂出口："怪事！啥子都卖给我们了，还敢来摘柿子？"

先生慢条斯理，不慌不忙地说："保长大人，有理不在言高，人家石头就是说是树不卖，你忘记了？"

贪心鬼晓得石头的柿子树没有卖，不卖就等于送给自己了嘛！

于是不服气便将石头跟私塾先生告到了官府。

官府要人将石头跟私塾先生叫到公堂上，石头心中怨恨起私塾先生，这些事情都是你惹的麻烦，现在好了，看咋个收场？在上公堂之前，私塾先生对石头说："把你的契约拿上，让青天大老爷给你做主。"

石头诚惶诚恐、战战兢兢地将契约递给主簿先生，主簿先生双手接过，然后递给当官的。

当官的一看，上面写得清清楚楚："是树不卖。"于是大声宣告："这个契约说明土地房产全部卖了，'是树不卖'，就表明树子，全部没有卖，你寻衅滋事，诬告别人，以后再发生此事，轻则罚款，重则抓你进牢房！退堂！"

从公堂出来，私塾先生悄悄对石头说："看见没有，你不光没卖柿子树，而且房屋、土地周边的所有树木都没有卖。你虽然没有了土地房屋，但是你还有土地房屋周围的树木呀。以后把大一点的树木砍了卖了，还有小的，小的还会长大。"

石头知道自己错怪先生了，非常感激私塾先生，佩服知识丰富的先生。从那以后，凡是有一点空，石头更跟着先生学习文化。他相信有文化的人，才是世界上的聪明人。

事后，土森姐弟才清楚，这个故事，还是婆婆事先请李二爸专门讲给他们听的。李二爸本来就是一个故事兜子，听了许许多多奇奇怪怪的故事，这个故事让土森终生难忘。发誓一定要奋力读书，成为一个聪明人，一个对社会有用的人。

一天下午，姐姐扯猪草准备回家，走到保管室门口，遇见杨大爷站在距保管室不远处的大茅坑前（从小镇挑回的粪水和生产队老人和孩子捡的狗屎、牛粪都集中倒在这里）东张西望，好像在等谁。

有礼貌的姐姐，主动招呼道："杨爷爷。"

脸上布满皱纹的杨大爷看见姐姐，非常高兴招手道："女子，来来！帮，帮我一个忙。"

"杨爷爷，帮，帮啥忙？"

杨大爷摸了摸不长而有些凌乱的胡须道："我有两个姓写不起，麻烦你写一下。"

一般情况下，杨大爷写不起字，就站在路边等待路人帮忙，今天路边上等了很长一段时间，终于遇见了姐姐。姐姐不好意思地说："啥字，不晓得我写得起不？"

杨大爷笑着说："中学生，就是过去的秀才了。你已经是秀才了，肯定写得起。"说话间杨大爷从脏兮兮的短衣裳衣兜里掏出一个小本子和一根半截铅笔递往姐姐手中。

姐姐背着不太重的猪草背篓，耸耸肩，极不情愿地接过卷成腌菜似的小本子和半截铅笔腼腆地说："啥子字？"

"殷大娥交牛粪五十斤，还有卿、卿得志交狗屎三十斤。"杨大爷对姐姐说，眼睛盯着姐姐的脸和手。

姐姐略微想了一想，就在本子上写出了殷字，这个殷字，就是殷切希望的殷。可是卿字一时半会儿写不起。姐姐的脸红了起来说："卿字，我、我写不起！"

杨大爷说："没来头（没关系），先把名字和斤数给写起，回去查一下字典，哪天空了，再来把姓帮忙添起。只要没有给人家弄掉、弄错就对了。"

老弱病残没得啥劳动力，便成天拗着箢箕，在小镇边边角角到处转，小孩子们却围着牛屁股转，等个十天半月，积攒牛粪、狗屎交生产队。每十斤一工分，一百斤就是十个工分。

乖巧懂事的姐姐，觉得没有给别人写好，仿佛是她的过错，于是赶紧回家查字典，第二天，及时给姓添上。

后来姐姐天天去帮忙杨大爷记工，学会了在学校不常接触的字，比如"薅草"的"薅"字，"掰玉米"的"掰"字，有时候没来得及回家查字典，就站在大路上问那些哥哥、姐姐、叔叔、阿姨，久而久之与同班同学比，学会了很多字。

大概记有十来天了，杨大爷非常肯定地对姐姐说："女子，这么多天你帮忙记工分，辛苦你了。"

姐姐抬头看看杨大爷非常得意地说："不辛苦。"

杨大爷笑笑说："记了这么久了，你自己记二十斤牛粪，你看要得不？"

姐姐一愣，二十斤牛粪，不就是两个工分吗？这帮忙记工分就能挣工分，真是天上掉馅饼的好事，而今，家里特别困难，有两分算两分。可是姐姐不敢，害怕婆婆与母亲不同意这样做。

一旦队长和村民知道，一个读书学生只需帮忙记工分轻而易举就能挣工分，肯定不同意。不但杨大爷要遭人唾弃，土森一家人也会遭人唾弃。于是摇头对杨大爷说："不要，不要，婆婆晓得了，我要挨骂！"

杨大爷知道婆婆的为人和厉害，绝对不会占任何人的便宜。

当姐姐将记工本和笔递给杨大爷的时候，杨大爷道："女子等一下！"

不一会儿，杨大爷拿了一个莲花白叶包裹着的东西，递给姐姐说："这个拿给你婆婆！"

"这？"姐姐迟疑着不敢伸手。

杨大爷笑着说："拿着，不是队上（集体）的东西，我自己的。"

杨大爷道："这个真的是我私人的东西，拿着，绝对吃得。没得闹（毒）药。"

姐姐仍然踌躇着，没有伸手，杨大爷将姐姐背篓上面的猪草揭开一把，然后将莲花白包塞在猪草中间，然后又用猪草盖上说："快拿回去，你婆婆、妈肯定晓得我这东西的来路，绝对不得骂你。再说，我一个人吃不完，搁坏了，可惜！吃食东西，浪费不得，浪费了，要遭雷打！"

说话间，突然有下地收工回来的人路过，杨大爷大声道："快走，回去晚了天都要黑了！"

姐姐赶紧背起猪草忐忑不安地回家，一到家，赶紧放下猪草背篓，揭开面上的猪草，掏出莲花白包，小心翼翼地递给正在煮饭的婆婆："婆婆，杨大爷喊把这个带给你！"

婆婆一看莲花白包，好像确实知道是什么的样子，没有诧异、没有惊喜说："我手不空，你先搁在面板上。"

晚饭时，母亲终于回家了。婆婆抱起面板上的莲花白包对土森说："土森把桌子搭起！"同时对姐姐说，"女子你去拿刀来！"对幺弟说，"幺儿，快来！"

婆婆一边慢慢将莲花白包打开，一边抱怨道："哎哟！这个老人哟，自己舍不得吃，还带给我们。"

莲花白中间是一个直径有十五厘米、厚大概有两寸多、清油炸成的酥黄色灰面（小麦面）馍馍，上面还有一片牛肉。牛肉有筷子厚，巴掌大小。

幺弟看见馍馍和牛肉高兴地吼道："哇，馍馍和肉！"

母亲洗过手，坐到火塘边笑着说："我们说馍馍，人家（回族）叫油香。肯定是杨大爷给的吧？"

姐姐道："我今天帮杨爷爷记工分，他给的，起先我不要，他硬要给，还说他一个人吃不完，天气热，害怕搁坏了可惜。"

婆婆先分了一块大的给母亲。

母亲推让着："妈，你吃，要不先给幺弟儿！"

"哪个说的？我们屋头有我们屋头的规矩，幺弟儿有，都有，拿着！"婆婆非常心疼她的女儿。她是全家人中唯一的劳动力，是全家人的依靠。

　　母亲知道婆婆心疼她，赶紧接过手，看着厚实的馍馍道："回族很团结，整个风雅镇不管哪家有事（红白），都兴倒油，送油香。"

　　婆婆感叹道："这二年生，只有富裕一点的人家，才添得起这个肉！一般人家，只有油香。"

　　婆婆道："人家互帮互助，家家添油（随礼），哎哟，就算杨大爷没有添油（随礼），同样要给他送油香，一来，晓得他是五保户；二来，尊敬老人。"回民非常团结。不管是不是本县、本镇的回民，一旦遇见什么事，求助他们，大伙都会伸出同情的手，给予帮助。

　　婆婆将油香和牛肉都分成五份，婆婆的那份最小，一家人乐滋滋地分享着美味，无比感慨。

　　此后，姐姐一如既往地帮杨大爷记工分，赠人玫瑰，手留余香，不但精神上有成就感，而且还得到杨大爷的特别关心、关照。无穷的精神与物质力量促使她更加勤奋。

　　土森家虽然困难，然而母亲和婆婆无论如何都坚持姐弟仁一定要上学读书。从那以后，姐弟仁都非常珍惜学习机会，不敢有半点怠慢松懈。

青稞面馍馍

土森的父亲去世以后，家里的收入大不如从前，许多时候吃不饱肚子。

那年，好容易熬过青黄不接的春天，终于盼望到了收小麦的夏天。可是，限于母亲一个劳动力，挣的工分不多，五口人只分得八十多斤湿麦子。这八十多斤麦子，要吃到秋天玉麦（苞谷）成熟，大概有两个多月。婆婆为了计划口粮，多用菜来充数。

婆婆给土森和他的姐弟们规定除了劳动的母亲吃两个馍馍以外，都只许吃一个，一个只有一两面大小的馍馍。弟弟不懂事，闹吃不饱，婆婆让他多吃洋芋豆豆。

土森在吃洋芋时，把洋芋皮吐在地上，被婆婆骂得狗血淋头，还让他把地上的洋芋皮捡起来，吃下去。

暑假到了，听说山上的那块青稞地里的青稞刚割，还没有人捡过。

鸡叫头遍（家里无钟表），婆婆起床了，叫土森和姐姐起来，收拾一点吃的和夹背，便急匆匆地赶路。

土森率先走在前面，姐姐提着马灯在中，六十多岁还是半大小脚的婆婆在后。土森和姐姐都为她担心，生怕有个万一。

婆婆却叮咛土森姐弟说："看着脚底下，别说话，人家的狗，把我们当贼娃子。"祖孙仨只好悄悄赶路。

开始爬山了，婆婆已气喘吁吁，但是，不敢歇息，怕别人抢在前面。虽说土森比姐姐小三岁，毕竟是男子汉，他把三个人的夹背重起来，一个人背上，让姐姐跟婆婆打空手。他们仍然追不上，只得拼命地赶路，脚下有什么东西将姐姐右脚绊了一下，姐姐那不争气的塑料凉鞋（鞋襻断了）被甩出一丈之外。光着右脚去捡那只凉鞋，脚掌又被脚下的硬物刺了一下，钻心地痛。因为负痛，跳着走，一跳，踩着的石头一滚，一个饿狗抢屎，栽倒在地。人同马灯便顺着坡滚。哗啦一声，马灯罩子碎了，姐姐伸手护亮，一块碎玻璃扎进手里。

顿时钻心地疼痛，灯也熄灭了，眼前顿时一片漆黑。

婆婆蹒跚着来到姐姐的身边关心地问："绊着哪里了？"人，虽然穷，可是身体还是第一。

"玻璃扎到手板儿（心）里面了。"姐姐虽然感觉委屈，但是，不得不轻描淡写。

土森摸着姐姐的手，把玻璃扯了出来。手板手背都湿漉漉的，血流了很多。

婆婆摸黑解下裹脚布给姐姐缠上……

大概走了三个钟头，终于来到山上的那块青稞地。

此时，天刚蒙蒙亮，地头果然没有其他人。借着东方的光亮，朦胧中，见地头零散地躺着籽粒饱满又是六棱子的青稞吊子，仿佛看见了热气腾腾、香喷喷的馍馍。祖孙仁从心底高兴，婆婆那布满皱纹的脸上露出了难得的微笑。

姐姐顾不得仍然流血而疼痛的手，也不管新割的青稞桩子的尖锐，一头扎进紧张的抢收战斗中。

一吊吊青稞像宝贵的黄金，一吊不漏地将它们捡起。露水太大，在东方微明的光照下，闪着光亮，不一会儿那些闪光的珍珠全沾在祖孙仁的衣裤上，将他们打扮成"落汤鸡"。寒冷直袭全身，每捡一吊青稞，那寒气逼人的露水像冰箭似的从手指尖直射心里，直达骨髓、直达发尖，牙齿不由得敲起棒棒来。

土森被冻得叫起来："婆婆，我好冷哟！"双脚不停地跳动着。

婆婆抬眼望了望姐弟俩说："冷，咋办呢？嗯，你们哪个去守莲花白地的宋爷爷那儿借一件衣裳吧！"

宋爷爷在那匹梁子上，离这儿隔着一条沟。一去一回，肯定要个把钟头，忍着吧，一个钟头要捡多少青稞吊子。但是露水的寒冷从脚跟已传到发梢，浑身像僵硬了一样。

姐弟俩忍不住了终于去借。

宋爷爷心地善良，将三件布满油脂垢尘的长衫子递给他们。土森毫不客气赶快套一件在身上，天呀！一股兰花烟味直接袭来，害得人气都喘不过，并且差一点就呕吐起来。脱下吧？又太冷，强忍吧。穿上长衫子，那身小衣长的样子，的确逗人发笑。一件衣裳套在身上，仿佛暖和一点。

下午，他们各自背着装有青稞吊子的夹背，兴高采烈地回家，往地上一倒，呀！一大堆。全家人赶紧动手揉搓，那劲头可大啦！不一会儿，就筛完了，将青稞籽用秤一称，哈！一共二十七斤多。全家人脸上都露出了丰收的喜悦。

几天之后磨成面，婆婆蒸了一大锅馍馍，乐呵呵地说："今天你们吃够，这些是你们的功劳。"

姐弟俩可高兴了，那青稞面馍馍比山珍海味香甜可口。土森一口气吞下了六个，有一斤多。由于高兴，全家人像过节一样欢喜。

一墙之隔的四姐，就没有那么好的运气。那是几年后的事情。事情的经过，人们未能亲眼得见，只亲眼看见四姐的右手臂一下子短了许多。

为什么会这样？据说一个夏末秋初的早上，四姐一个人上山扯黄豆（那是李二爸悄悄在山顶私自开垦的一片山地），清早，山顶的空气特别寒冷，成熟的黄豆枝干上挂满了露珠，四姐不清楚露水有那么寒冷，一到坡地，丢下背篓，急急忙忙伸手去扯黄豆，当右手一碰到挂满露珠的黄豆植株的时候，一股冰凉瞬间从指尖钻进右手的骨头，刺骨的冰凉使她本能地缩回。刹那间，右手臂剧痛起来，那是一股钻心的疼痛，怎么会这样？鬼故事听得多的她首先怀疑：是不是起早了碰见了鬼？懵懂了，沮丧地蹲山坡黄豆地边，不知怎么办。

好一阵之后，头脑慢慢清醒一点，右臂失去了知觉，并且缩在胸前，再也伸不直。四姐害怕极了，哭着回家，然而李二婶看见后，不但不关心四姐的痛苦，还口无遮拦地骂道："烂娼妇，懒！不想做事情，弄些鬼名堂。"

婆婆听见二婶骂四姐，过去阻止道："二婶，二婶不要这样哦。四女子造孽了。不赶快找人想办法（医治），还有闲心在这儿骂人。"

在婆婆的劝说下，二婶才领起四姐去邻村找了一个土医生。虽然李家的条件稍微好一点，但是进正规医院还是承担不起，因此只能找土医生。

土医生信誓旦旦地对李二婶说："只要几灸（火灸），保证随便伸缩。"

李二婶咬牙切齿，愤愤不平地说："要得，她这懒手杆，是真的缩筋了还是懒？短命的，肯定懒，不想做事。就全靠医生你了。"在她的内心一点也不相信亲生女儿，不担心四姐的手，一直怀疑她懒，装病。致使四姐一辈子都不肯原谅她的母亲。

烧灸，四姐不清楚，二婶也不明白，更不懂，据说收的费还不少。结果原本活动自如的手指几灸下来，成了僵硬的爪子，基本上动不了。

四姐可怜了，她遇见了庸医，这位庸医灸错了穴位，使得原本能动的手指也失去了功能。从此，四姐不受人待见，背地里常常被骂作爪手子。

味苦的卤牛肺

　　四姐右手臂突遭寒露刺激缩了筋，加上庸医灸错了穴位，右手臂再也伸不直。说实在的，四姐头脑聪明，许多时候，土森不懂的她懂，土森做不来的事情她会。土森常常想，四姐长大后哪个男人娶了她肯定享福。

　　一个星期一的晚饭后，天还没有完全黑。土森早早就完成了作业，拍拍手，对母亲和婆婆道："婆婆，妈，我去看一下四姐的手杆，不晓得好些没有。"

　　婆婆大声叮咛着："早点回来哦，你明天还要上学，不要疯久了！"然后小声自言自语道："造孽了，一辈子就这样，被害了。"是谁害了四姐？山神菩萨，还是天老爷，是李二爸、李二婶吗？好像都不是，婆婆想不明白。

　　李家，火塘边。火塘里的火熊熊燃烧着。二爸坐在火塘上方，火苗跳动着，照得他脸通红，他慢吞吞地用本子纸裹着蓝花烟，二婶却使劲咂了一口手指间的纸烟。一口下去，梭了一大截。大姐铁骡子砍柴还没有回来，每次砍柴，她都心重，使劲砍一大捆；二哥给生产队放牛，去牛圈喂牛馍馍去了，牛馍馍只有耕牛才能享受；三哥，无所事事地躺在里屋的床上；四姐正在灶头上用左手使劲地抄大锅里的面蒸蒸；弟妹两个一个在抱柴，一个在坐在灶门前低头盯着灶孔里的火。

　　只听四姐对妹子说："面蒸蒸抄了头次了，把火退小点，不要退完了，退完了蒸不熟，火大了面蒸蒸要烧焦！"

　　土森进门乖巧地称呼二爸二婶："爸，妈！"

　　二爸没有抬头应了一声："嗯，奶儿子来了。"

　　二婶眼睛眯了一下斜斜地瞄了土森一眼问："饭都吃了？"土森每天都要过来。

　　"吃过了。"

　　土森悄悄来到四姐身边问："四姐手杆还疼不？要不我来抄！"

四姐毫不客气地吼着："要哪个来哟！"

盯着四姐根本不能伸缩自如的右手和手臂，土森心疼到极点："咋个就弄成这样？唉！你那天是咋个的嘛，为啥子不等太阳出来了再扯嘛？"

四姐轻描淡写道："哪个晓得，哪里有早晓得。"

土森不知道四姐只是表面上的淡定，内心却非常痛苦，恨自己为什么没有投生到好人家，对父母或多或少有些怨恨，为什么就没有像土森姐弟一样进学校上学。

四姐盖好锅盖，转身对土森眨眨眼说："走！"

土森不清楚四姐要干什么，非常听话地跟着出了门。

站在院坝上，天还没有完全黑，还有微弱的光线。

只见四姐神秘地从衣裳包里掏出一个牛皮纸包对土森说："看，我给留啥好吃的了？"

土森第一反应：四姐给留的是肉，肯定是肉。很多时候，四姐都把最好吃的东西留给了他。土森眼睛盯着纸包，这次反而不好意思伸手去接。

"嗨！专门给你留的呢，打开看嘛！"四姐艰难地伸出右手，想帮忙打开纸包，可是半伸半曲的手指，怎么都不听使唤。

土森不忍心，抢过纸包，小心翼翼地剥开，里面露出了三片黑不溜秋的肉，土森非常激动："四姐，牛肉！哪里来的牛肉？"

四姐摆摆手道："小声一点，哪里买得起牛肉，这个是牛心肺。回族食堂买的卤牛心肺。"

"牛心肺，也是牛身上的肉。四姐你吃了没有？"土森两根手指轻轻地拈起一片，递给四姐，"四姐，你吃！"

四姐摆着右手说："专门给你留的，我吃过了！"

亲如弟弟的土森毫不客气，拈起那片篾条厚薄，二指宽、三指长的卤牛心肺便喂到嘴里，慢慢地吮吸着它的滋味。

咦，怎么有点苦？土森不相信自己的舌头，继续品味着，确实有点苦。于是问："四姐，这个卤牛心肺咋个是苦的？是不是把牛苦胆弄到一起了？"

四姐摇头道："卤牛心肺本身不苦，是你的嘴巴苦。"

土森瞪大眼睛，摇头，是啊，今天好像吃啥子，这个嘴巴都有点苦，是不是生什么病了？

正当土森跟四姐议论着嘴苦的时候，三哥喂牛回家经过他们身边，飞快地一把抢过土森手中的牛皮纸包吼道："你们好要不得哦，老子们劳动，你们结果在屋头弄好吃的，都不给老子留点？"

四姐一愣，吼起来说："拿来，这个是我专门给奶儿子留的，拿来！"

三哥嬉皮笑脸地迅速将两片卤牛心肺喂进嘴了，嘟噜着："来嘛，来嘛，你们不是说苦的吗？嘿嘿，哪里苦？香得很，等吃进肚子，明天屙到茅厕头，就还给你们。"

四姐冲土森道："你不快吃，还苦的呢？一会儿苦的都没得了。你看那个饿老雕，凶得很。"

其实她吃起东西来，嘴巴也是苦的，并不是因为生病，而是因为星期天在山上吃多了生松瓜子，导致嘴巴有些苦。

星期天，一只手的四姐带着土森、铜忠上山捡菌子。当地有个谚语："八月菌不要问。"意思就是说，农历八月间的菌子，完全可以随便捡回家，不管是不是毒菌都不闹（毒）人了。捡回家晒成干菌子，第二年拿来清炒，或者炒肉，都好吃。

几个孩子，叽叽喳喳地来到龙塘山的半山腰的松树林中，山林中有的是辣辣菌、黄丝菌，还有刷把菌。

还未到松树林，铜忠就对四姐说："四短命的，我们捡松瓜子回去吃。"

土森见铜忠对四姐的这样称呼，很不满："你有没得大小哦，四姐就是四姐。"

铜忠嘿嘿道："喊惯了。"

四姐冷笑一下说："我们屋头的人就是没得教招。随便他哟，喊一声姐，又不得长点肉。"

"大一天，都大二十四小时，姐姐永远是姐姐。"

钻进松树林，只见林中掉下了不少松包（松果），而且地上也有零零星星东一颗西一颗的松瓜子。此时此刻，大伙欢呼雀跃，眼睛只盯着地上的松瓜子，哪个还去关注菌子不菌子。

四姐背篓里的菌子还没有盖住底，松瓜子也没有捡着多少，突然天下起了大雨。

土森抬头，看看天，林子一下子黑了起来，看样子雨不小。赶紧喊："四姐，我们咋个办？"

四姐调侃着："咋办？凉拌，只有回去了！"

铜忠低头捡拾着松包（松果）和松瓜子道："妈的，下雨了，老子们还没有捡够。再捡一会儿哦！"

雨哗啦啦地下着，这是初秋的下半天，出门时候，艳阳高照，根本没有想到会下大雨。四姐看着大家都单薄的衣裳，担心道："走哦，回去了，万一淋凉着（感冒）了划不来。"

四姐带着土森钻出松树林，赶紧朝山下跑，黄泥的山路，完全被雨水打湿，一走一滑，扑爬筋斗、跌跌撞撞地往山下连溜带滚。

土森连人带背篓打了几个滚，背篓里没有什么菌子了——空了，几个滚下来，背篓都滚扁了，人成了泥猴子。四姐见状，哭笑不得："造孽了，奶儿子恐怕从来没有吃过这个苦吧。"

山里长大的土森，并不觉得苦，反而笑着说："滑溜溜板了，安逸！"

四姐心疼土森，看见路边有一个空古坟，这个古坟不知是哪朝哪代的，里面什么都没有，好像是被人家盗了。洞开的一面朝山下，三方都是又厚又大的石板、石条，十分宽敞，估计有五六个平方米大小，差不多跟杨大爷的那间小屋一样，地上铺的是石板。估计是一个有钱人家修的合棺墓，小孩子钻进去，可以直起身子，大人进去就得弯腰弓背。被盗过的古坟墓，早就成为人们躲雨的最佳之地，地上非常干净，不要说有什么棺椁，就连一根草都没得。

四姐于是招呼土森道："不要慌着跑，雨太大，我们躲一会儿，等雨小一点了再走！"不管土森、铜忠怎么样，她率先丢下背上的背篓，钻了进去。

土森从来没有进过这种地方，有些胆怯，犹犹豫豫，扭扭捏捏不肯进去。

跑在后面的铜忠，在土森身后，用力一推，一下子把土森连人和背篓都推进了古坟墓。一心想着吃松瓜子的铜忠，见土森和四姐都进了古坟，然后不慌不忙地丢下背篓，低头寻找了一个鹅蛋大小的石头说："嘿嘿，这下好耍了，一边躲雨，一边砸松瓜子吃！"

就这样，三个人就在古坟墓里砸起刚才捡拾的松瓜子。

嘴巴苦，生松瓜子吃多了导致的，主要是松瓜子油脂太重的缘故。那么四姐从回族馆子买的卤牛心肺又是怎么一回事呢？她的钱从哪里来？

话说龙塘村有个土医生黄大爷，常年给伤风感冒、跌打损伤的村民抓草药医治。他有儿有女，还有孙儿孙女。但是一家人都不太相信他的医术，觉得山野田埂上那些乱七八糟的蒿草，就是猪草、羊草、牛草，哪里能够医治人的病呢？因此，从来都不帮他扯什么草药。黄大爷只得从他们扯回家的猪草里，挑选些用得上的蒿草，用筛子、簸箕晾干。

在实在急需的情况下，他的办法就是：站在大路上，逮着哪个扯猪草、割牛马草的小孩子就会事先给一两角钱，让给他扯回一些他需要的草药。

这天，四姐遇巧给土医生扯了一大把蒲公英、车前草、鱼鳅串（鱼腥

044

草），还有青蒿、白蒿等。黄大爷一高兴，为了收买四姐的心，更是为了维持长久的需求，便给了四姐两角钱。

四姐用其中的八分钱去回族馆子买了一两卤牛心肺，剩了一角二分钱上街给二婶买了一包纸烟。

纸烟二婶一个人抽，而一两卤牛心肺，几个孩子包括土森在内都享受了。

土森这次不光享受了卤牛心肺，而且还跟四姐学会了认识好几种中草药。

不该有的自私

在土森迅速成长的过程中，邻居李家既是他另外一个家，还是他成长的镜子。

土森失去父亲不久的一个星期天傍晚，走进李家。

家里好像没得往天那么热闹，那么温暖，空气中飘浮着一股难以形容的气氛。大姐香兰在煮饭，不见李二爸、李二婶、二哥、三哥。

爪手子的四姐桂兰带着弟弟铜忠和妹妹秋兰在火塘边忙碌着，好像在烧开水。

大姐、四姐看见土森过来，也没有往天的热情。尤其是四姐，自从右手臂、右手指不能动弹后，仿佛变了一个人似的，自卑、沮丧、苦恼。

把李家当成自己家的土森，无拘无束，直接走到火塘边桂兰身边问："四姐，二爸、二婶和二哥三哥呢？"对二爸、二婶的称呼，经常是一时高兴就会直接称呼爸、妈，有人的时候，还是跟外人一样称呼二爸、二婶。

四姐不高兴地说："爸妈去成都了！两个哥哥不晓得哪里去了。"

成都可是热闹非凡的省城，据说大得不得了，热闹得不得了，很多人都想去看看，更是所有山区人向往的地方。少年不知愁滋味的土森，很不理解大人的行为，为什么去成都连最小的铜忠都没有带。

恰在此时，李二婶回来了。一脸愁云，疲惫不堪的样子。大姐瞪大眼睛，四姐抬头望着李二婶。天真得有些傻的土森迎了上去："二婶，二爸呢？"

不问还好，一问，李二婶将原本拴在腰杆上裹成一个圆球的围腰帕解了下来，往地上一丢大哭起来："在这儿，他在这儿，我的天呀！"坚强的李二婶，终于回家了，终于可以放声大哭了，整个人一下子瘫倒在地上。

围腰帕裹着的东西躺在火塘边的地上。土森仍然不知道发生了什么事。吊在火塘挂钩上的茶壶里的水开了，四姐伸手去抓吊链，然而，不听使唤的右手，怎么也提不下茶壶，便喊："铜忠，铜忠，水开了！"

铜忠怕烫说："四短命的，只晓得喊我，你咋不喊奶儿子呢？"

土森赶紧上去帮忙，说实话，他也害怕铁链子和茶壶烫，缩脚缩手地走到火塘边。

大姐抓起灶台上黑不溜秋的抹布，快步走了过来说："我来，我来！"

过了一会儿，土森母亲、婆婆过来了，村子上的乡亲们过来了……

原来，二爸二婶去省城给二爸治病，带的钱不够，加上当时的医疗条件有限，李二爸去世时，已经山穷水尽。李二婶无力将他带回风雅镇龙塘村，只得按大城市的规矩将他烧成灰。

然而买不起骨灰盒，只得用围腰帕将他带回。

从此，两家人都没得了父亲，日子都过得都非常艰难。李家还好点，大姐、二哥、三哥都是一把劳动好手。物质生活自然比土森家强。四姐渐渐从苦恼中缓过神来，经常给土森留馍馍、面蒸蒸锅巴、蒸（烧）洋芋等。

土森呢？也不白吃，偷偷教四姐他们识字。心地善良的土森，始终记得："有智吃智，无智吃力。"既然四姐的手臂有了残疾，何不教会她识字，说不定对她还有帮助。

李家劳动力多，一块二的学费，应该不是问题，却一直不让几个小孩子上学，土森自始至终也没有弄明白到底为什么。

那天，土森跟往常一样，做完作业跑到李家，一来看有没有什么好吃的，二来准备教四姐和弟弟铜忠识字，土森新学习了几个字，其中有"私"字，组词为"私人、自私、私自"等。

门是虚掩着的，还未进门便闻着一股回锅肉香，主要是蒜苗香。咦，莫非今天炒了回锅肉？于是加快了步伐。一阵小跑，进门后却没有看见人："大姐，大姐！四姐，四姐！"

没有人回答。"咦，明明闻着有肉香味，咋个没得人呢？"土森自言自语。都跑到哪里去了？火塘边没人，灶台边也没得人，更没煮什么饭菜。

"四姐，四姐！"没有人回答，于是钻进哥哥、姐姐们的房间，都不见人，"嗨！是有肉味。"揭开灶头上的锅盖，空空如也，什么都没得。

突然，听见李二婶的房间有响动，土森吓了一跳，莫非李二爸的魂魄回来了？李家火塘边听的鬼怪故事太多。什么倒路鬼了，什么钝刀杀鬼了，什么骗花褂褂儿穿了，想想背皮都发麻。

于是，土森逃也似的快步离开李家。站到门口，看看天，天色还早，哥哥、姐姐、弟弟、妹妹都不在，低矮的篱笆那边他家同样没得人。

"叽嘎儿！"一声，什么东西在响，莫非真正有鬼？土森下意识地在院子上跳了一下。

惊魂未定的时候，李二婶出来了，笑盈盈地从里面出来。叫了一声："奶儿子，是你啵？我还以为是哪个。"

土森扭头，一眼看见李二婶，原来是她开门的响声，提在嗓门的心着地了，非常高兴，礼貌地叫了一声："妈！四姐嗬？"

李二婶笑笑说："出去了，屋头没得人（其他人）。"撩起腹前的围腰帕擦着嘴唇，好像吃过了什么东西似的。不经意间发现，嘴角边有油渍。幼小的他，看出二婶好像在偷嘴（悄悄偷吃），可是他不相信，因为在土森家是从来没有的事。

土森进退两难，本想教四姐他们识字，可是他们都没有在。非常扫兴地离开李家。

后来，土森从别人的闲聊中听见："唉！可怜香兰。""香兰割草，好不容易才卖了五角钱。""就是呀，五角钱，交给她妈。""五角钱交给她。端了一份回锅肉。一个人吃了，娃娃些一点油都见不到。""唉！造孽了，还说娃娃些有吃在后。""就连最小的都吃不到一点。""钱一到她手，要么端肉吃，要么买烟抽，哼，太自私。""天底下哪里去找这样的妈哟？"

渐渐地土森也发现，二婶整个人变了。自从李二爸去世后，李二婶变了一个人，变得非常自私。一点也不关心孩子们的温饱和死活。从她身上真正认识了自私两个字。

大人们却说，二婶之所以变了，就是因李二爸的病亡，让她看穿了人世间的一切，并且非常珍惜各人的身体。更加知道身体是本钱，一旦生病，吃什么都不香，一旦死了，什么东西都不是自己的了。更知道生不带来，死不带去。能吃一天，算一天。吃些喝些，死了板板薄些。

潜移默化

一个星期天，婆婆端着一撮箕自留地种的小白菜，上街去卖。刚卖完，揣着不多的一点钱，准备回家。

碰见一个女孩在人民食堂买了三个肉包子大大咧咧地走了出来，她一眼看见婆婆，非常高兴地叫着："倔婆婆，快来吃个包子！"

乐善好施的婆婆很有人缘，走在街上遇见的熟人多，遇见别人上餐馆吃东西，别人都会主动邀请。然而婆婆从来不会接受别人的馈赠和邀请。

婆婆回答说："吃过早饭了，你吃，你吃。"逃也似的快步离开。然而，半大小脚的她，无论怎样跑，都跑不过小孩和年轻人。

小女子飞快地追到婆婆说："婆婆，吃一个嘛！"

"吃过了，我吃过了！"婆婆推辞着。婆婆看清楚此女孩不是别人，是村长（当时的队长）的小女儿——秀娃儿。

那是星期六的下午，秀娃儿去放羊，一出门便把羊拴在路边的洋槐树上，便去跟三个小伙伴抓石子玩。

玩得高兴，玩得忘我，羊什么时候摆脱绳子溜掉了大家都不知道。

话分两头：那天下午，大概四点多钟，婆婆去自留地扯菜，路过生产队的油菜地。看见一头肥壮的黑羊，在油菜地里津津有味地低头啃食没膝高的油菜。在婆婆心目中，那可是集体的财产，私人的羊怎么能够偷吃集体的东西呢？再说，黑沁沁、绿油油长势良好的油菜，明年肯定是个油菜籽丰收年，集体的油菜籽便是龙塘村全体村民全年食用油的指望。

婆婆赶紧将（裙包）菜，放在路边上，悄悄解下小腿上的黑色裹腿布，轻轻地、慢慢地靠近低头啃吃油菜的羊，最后一扑，竟迅速逮住了羊，用裹腿布套住拴好。

婆婆牵着羊，像凯旋的将军似的得意扬扬。

有人遇见问："倔婆婆，你们家养了羊啊？"

婆婆喜上眉梢地说："哪里哦，不晓得是哪家人的，偷吃了队上的好多油菜，我逮着了。要交到队上去，等它的主人家来赔油菜。"

大伙都纷纷夸赞她做得好，说："就是，就是要赔！"

还未牵到生产队队部，就碰见了村长的小女儿慌慌张张地寻找羊。远远地看见婆婆牵着她家的羊，快步跑到跟前向婆婆点头哈腰："倔婆婆，对不起，对不起，这羊是我们家的。难为你交给我！"

势在必得要喊赔油菜的婆婆，看清楚站在面前的孩子个子不高，大概一米二，年龄跟土森姐弟差不多，稚嫩的脸上流淌着眼泪，脸色惨白可怜兮兮的样子。孩子贪玩，哪里有不犯错误的。

婆婆心一软，顺手将拴着羊的裹腿布递给女孩说："记住，二天要管好哦！要是再喊我碰见了，肯定要交到你老汉儿（父亲）那儿去！"

女孩子接过裹脚布的一头，鞠着躬："难为你了，倔婆婆。以后、以后肯定把它拴好。"

事后，生产队有人多嘴多舌议论说："信誓旦旦喊赔，结果见是人家村长家的，不但没有喊赔，还搭上一条裹脚布。还不是巴结村长！"

婆婆听见后嗤之以鼻："嘿嘿，如果不是一个小女娃子，我肯定要交到队上喊他赔，一个娃娃家。娃娃又不是安心（故意）的。哪个娃娃不贪耍？"

秀娃儿呢，非常感激婆婆，没有把事情捅到生产队她父亲那儿去，父亲不仅是队长，而且是一位严于律己的队长，不说赔油菜，肯定会挨父亲的打，挨母亲的骂，觉得给他们丢人了，臊皮了。

小小年纪的她，原本想登门感谢婆婆，不但担心婆婆不会接受，而且害怕婆婆那一贯严肃的样子。

此次，真是千载难逢的机会，于是强行丢了两个包子在婆婆的空簸箕里，转身就跑掉了。

婆婆大声说："不要，我吃过了，不要！拿回去，给你爸妈拿回去！"

小女孩飞也似的跑开了，婆婆追撵了几步未能追上。

无奈，摇头，看看热气腾腾香气扑鼻的肉包子，也就接受了。

十分诱人的白面肉包子，花褶处还渗透出油渍，人民食堂卖的肉包子，不光要收一角钱，而且还要收一两粮票。一般人家，就算有钱，如果没得粮票，也买不起。婆婆从来舍不得买，怀怀里的几角钱，有更大的用处。赶紧从簸箕里抓起肉包子，包在围腰帕里，乐颠颠地跑回家。

还没到家，就喊："土森，幺弟儿！看我给你们带啥子回来了？"

土森和弟弟飞快地跑到门口："婆婆！"要知道，婆婆每一次吃酒席，无论如何都要给他们带回干盘子（果脯、瓜子、花生等干果和干肉之类）。出门如果碰见一个熟人给一个水果、一颗水果糖，都要带回家。如果是水果，就用菜刀切成五等份，如果是一颗水果糖同样是拿菜刀，只不过是用菜刀将水果糖拍碎，匀成五等份，一家人都来分享。

今天听见婆婆的声音，肯定带有好吃的东西。

土森、幺弟儿眼睛一眨不眨地盯着婆婆喜滋滋、笑眯眯的脸，看不出婆婆带有什么好东西，撮箕空空如也。

婆婆像变戏法似的从围腰帕里掏出两个肉包子。幺弟儿高兴得跳了起来："婆婆，吃包子呀！"

土森吞着口水，眼睛睁得大大的，他不相信婆婆舍得给一家人买包子。

婆婆笑吟吟地说："包子，肉包子。两个！"

"两个？"婆婆从来舍不得买，今天太阳从西边出来了，居然有两个。

"来，来，还是热的，我们三个人吃一个，另外一个，给你们妈和姐姐留着！"婆婆放下撮箕说。

幺弟儿天真地说："留一个，留一个！"虽然他还不知道什么叫孝顺，但是非常乐意给母亲和姐姐留着。

婆婆笑着说："给你说清楚，下午你妈和姐姐她们吃的时候，就没得你们的份了。"

土森点头，知道母亲劳动辛苦。在吃食上，婆婆一贯维护母亲。只有母亲不饿肚子，一家人才不会饿肚子。婆婆是这样想的，也是这样说的，更是这样做的。

说起孝，土森姐弟们在李家火塘边，听了不少关于孝顺的羌族民间故事。土森一直记得有这样一个故事，名字叫：孝女惊动显道神。

一个寒冬腊月的夜晚，伸手不见五指。从高山嫁到茂县古城墙边上的熊大娘，想到远居大山的老母亲孤苦伶仃，决定把老母亲接到县城来过年。白天有做不完的事情，只有趁着夜晚去接老母亲。

寒冷的冬夜路又窄，熊大娘带着女儿一路去接老母亲。穷苦的日子，不得不俭省，去的路上，没打火把，摸黑而行。为了壮胆，母女俩一边走一边说话。走了很一阵，还在围着城墙转。熊大娘觉得有些不对，是不是遇见了倒路鬼（鬼打墙）？抬头看看高耸的城墙，仿佛像是狰狞的恶鬼，随时都有扑压下来的阵势；再低头看看身旁黑幽幽的壕沟（护城河）里深不见底的水。无月的夜晚，这水却泛着模模糊糊的白光，仿佛是一条金光大道。听说前几天有一个走亲戚喝醉酒的男人，误将壕沟当成了大道，滚进去被水淹（冻）死了。熊大娘想到这些，非常害怕。赶紧用力抓住女儿的手说："小心哟！"既说给女儿同时在提醒自己。

不太懂事的女儿说："妈，为啥子不等天亮了去接家（外）婆？"

"白天，还有白天的事情。"

"家婆为啥子不自己来？"

"瓜女娃子，你家婆年纪大了，找不到路，我们必须去接。"

说话间，天更黑了，根本看不见面前是不是有路。只感觉脚下到处是沟沟绊绊，稍微不注意，就有可能栽进壕沟里。模糊的记忆中，城墙外的这一带的的确确有一条羊肠小道时隐时现地在杂草荆棘之中。

女儿说："妈，看不清楚。脚下净是些刺蒿子，我们咋个走，要不？我们走转去，等天亮了再去。"

熊大娘叹了一口气："哎哟！不怕，我们慢慢摸。"脚上的烂布鞋承载着母女俩赶路的沉重负担，杂乱的荆棘不是将鞋勾着，就是挂着，每走一步，都十分艰难。

女儿突然叫了起来："哎哟！我的脚，我的脚！"

"咋个了？咋个了？"熊大娘赶紧低下身子问。

"我的脚，（鞋）遭刺挂着了，扯不脱。"女儿焦急地说。

"哪里？我看看。"熊大娘蹲下身子摸女儿的鞋。果然一个倒钩刺死死地钩着女儿的鞋，熊大娘用力一扯，"嗤——"的一声，女儿脚上稍微有些破烂的鞋面彻底被扯破了。女儿的脚倒是挣脱了出来，而鞋彻底穿不了了。

熊大娘顺着女儿的脚摸着鞋面彻底破烂的鞋连叫："哦嚯！可惜，可惜了！新鞋还没有做好，你看，怪妈，怪妈看不清楚。"

心疼母亲的女儿说："不怪妈，只怪天太黑。要是天不黑，就不得把鞋子弄烂。"

熊大娘心痛不已，但是不得不面对现实道："这些，那些，都不说了。现在你说咋个走？看样子我必须把你背起了。"

女儿不依说："那么远的路，咋得行？不用背，我自己走。"

熊大娘为难了，摸着懂事而心疼自己的女儿的头。埋怨道："都怪我，如果我们先带一个照亮路的火把，就好了。哎呀！现在后悔已经迟了。"

"妈！不怕得，我得行，我们走嘛。"

就在母女俩说话的时候，突然有一个高大无比的人出现在她们面前。熊大娘不由得一惊问："请问这位大哥，你是哪个？"

巨人不语，也不回头。

女儿仰头都看不见巨人的头，惊恐万状吓得哭了起来："妈，妈！"

作为人母的熊大娘壮着胆子说："人家也是赶路的人，不要大惊小怪。请问这位大哥，你从哪里来的？要到哪里去？"

巨人仍然不言不语，却不慌不忙地在前面走。迫于无奈，熊大娘母女俩跟在巨人身后。咦，奇怪了，跟着巨人走过的路，再没有一丁点杂草乱刺，甚至没有一个硌脚的石头蛋子。

渐渐地，巨人走得更快，熊大娘母女俩也走得更顺当。一转眼，走过城墙转弯处，来到那条顺水沟的小路上。

熊大娘终于如释重负舒了一口气，是巨人带她们走出了困境，想对巨人说一句谢谢的话。可是，巨人却不见了踪影。十分诧异之时，也有些害怕。然而东方已露出了鱼肚白，天渐渐亮了起来。

女儿好奇地问："妈！刚才那个高人哪里去了？"

熊大娘也疑惑不解："我也不晓得。"

终于见到了高山上的老母亲，熊大娘将夜路中的所见告诉给她。老母亲激动不已、老泪纵横道："哎哟！我的女儿、孙女的孝心，感动了老天爷。老天爷派'显道神'专门给你们开路，你们才顺顺利利地回家来。哎哟，多谢老天爷！多谢菩萨了，多谢菩萨！"

土森想幺弟儿肯定是受了民间故事的影响，小小年纪就知道孝敬婆婆和母亲，对姐姐和哥哥也很恭顺，一家人相亲相爱，和和睦睦，哪怕是喝白开水，吃咸菜，也是其乐融融，幸福无比。

为什么心虚

那头傍晚，土森跟往常一样到李家，同时完成教四姐和弟妹识字的任务。然而，李二婶对他们学习根本不感兴趣，对他们学与不学，教与不教都漠不关心。

那晚，土森跟四姐在火塘边学习新字——"偷"。

土森低头在火塘边的地上写完字后，一抬头，却看见二哥银忠，背着沉甸甸的一背篓东西回家来，猜测，如果不是猪草（生产队的菜），就是生产队的玉米或者洋芋（粮食）。

十六岁的二哥一进门，便听见土森教四姐、五弟、幺妹念着："偷，偷东西的偷！"

做贼心虚的他，三两步跨进李二婶的卧室，然后脸红一阵白一阵地出来吼道："偷，偷你妈的！"

天真的土森以为二哥识字，问道："二哥，你也认识这个'偷'字？"

二哥哼了一声："大字是个疤，小字是个叉，它认识老子，老子不认识它。老子连自己的名字都写不起，哼！"

听见二哥的大声训斥，土森看着二哥的背影，看看煮饭的大姐，感觉出二哥非常不高兴，不知道自己哪里惹了他，小声对四姐桂兰说："我教你们认字，是不是耽搁了你们的时间，你们是不是还有事？"

聪明的秋兰嘟囔着："管得他的！我们学我们的。"没有上成学，在自己家里学习一点也很不错。现在虽然写不起，但是至少能够认识几个。至少比姐姐哥哥有出息。

四姐补充说："我们河水不犯井水。不用管他，他肯定是累了、饿了。"她搪塞着，已经猜测出二哥肯定偷了生产队什么东西回来，正好遇见学习"偷"这个字，惹着他不高兴了。

李二婶从她的卧室出来了冲二哥说："奶儿子教他们认几个字，又没有把你惹着，二天至少能够认识钱和他们的名字，你是不是吃饱了！"其实她不想让土森知道二哥偷了集体东西。

"吃饱了？老子还饿起在。矮骡子煮个饭，弄了这么久都没有弄熟。"二哥抱怨着。

外人不尊敬大姐就算了，在这个家，二哥、三哥都不待见大姐，大姐辛辛苦苦地帮助李二爸、李二婶把他们拉扯大，却得不到尊敬。大姐虽然听见了二哥的抱怨，但是没有吭声。在这个家，大姐一直都是任劳任怨。

过了几天，四姐偷偷给土森烤了一个嫩玉米，土森才知道那天二哥背回家的是什么，原来偷掰了生产队还没有完全成熟的玉米。吃了烤玉米的土森，不敢回家告诉母亲和婆婆，他知道，如果母亲和婆婆知道了肯定会收拾他。

李二爸在世时，也讲过偷东西会受到惩罚的故事，发生在茶马古道上的茂县小南路上的一个小寨子里。

一天晌午后，太阳火辣辣地照耀着大地。寨里的两个年轻媳妇——两妯娌，她们都是刚进门不久的新媳妇，两人的丈夫上山砍柴不在家，公婆去大水沟边的水磨房磨面去了。

她们俩家务做完后，闲着无事，就在楼上绣花、做鞋，聊家常。临窗的地方光线好，加上她们家是寨子里比较高的一家，因此也看得远。突然，她们俩同时看见从山上下来两个过路人，她们这个寨子是上至松潘，下至成都、都江堰的必经之路。其中一人肩膀上扛一根竹竿，闪悠悠的竹竿上，挑着一个红布包裹。其实是一个红布口袋，在竹竿上面，一荡一荡，特别耀眼。走进寨子后，只见他们将竹竿靠在路边的一棵核桃树上，而红布口袋正好挂在了核桃树枝上。太阳很大，路途遥远，两个人走累了，渴了或者是饿了。走进了人户，估计要水喝，或者讨饭吃。

看见耀眼的红布口袋，两妯娌非常好奇，猜测起口袋里的东西。从茶马古道往上走，一般都会带银钱；往大山外走，应该是值钱的鸦片、虫草、麝香，最不值钱的也可能是贝母。

红布口袋里会装什么呢？

嫂子说："是不是麝香哟？"

弟媳说："如果是麝香，那就值钱了。"

两妯娌本来是无聊地闲话着，后来在嫂子的提议下，两人悄悄来到核桃树下望着鼓鼓的红布口袋，两人垂涎欲滴。

嫂嫂说："肯定是贵重的东西，难怪他们不敢拿进屋，害怕主人家贪他们的财。"茶马古道上，被黑店吃掉了贵重物品，并且杀人灭口的故事很多。

看见搭在核桃树下的竹竿，于是嫂子伸手将竹竿拿了下来，她的动作非常麻利。

她们摘下红布口袋，迅速逃离核桃树，飞快地跑回家，一口气爬上楼。

二人悄悄来到嫂子房间里，伸头向窗外张望了一下，没得人，赶紧关好房门。弟媳迫不及待地伸手摸了一把红布口袋，里面的东西软软的，大惊失色道："不对，咋个是软的？不像是麝香、虫草、鸦片！"

嫂子说："莫慌嘛，打开了再说。"挂得那么高，应该是值钱的东西。于是将口袋口子上的绳子松了一松，手伸进了红布口袋，一掏，并且抓了一把出来。不由得大惊失色，抓出来是一把灰："装一些灶灰来装神弄鬼？害得我们背一阵贼皮。"

聪明的弟媳一看，这惨白惨白的灰，哪里是灶灰？很明显是死人的骨灰。弟媳大呼："不好，我们偷了人家死人的骨灰。咋办？快给人家还回去！"

嫂子听见是骨灰，甩都甩不赢，腿一软一下子瘫坐在房间的地上，哪里还有力气给别人还回去？

弟媳也没有了主张，二人你怪我，我怨你，千不该万不该去偷别人东西。

就在二人互相推诿的时候，突然听见寨子里传来了哭骂声："妈的，是哪个偷了我们的老人（骨灰）？啥子不好偷，专门偷老人，偷了老人的不得好死！"

遭了，偷骨灰的事情已经被发现，怎么敢还回去？妯娌俩惊恐万状，既害怕外人咒骂，又害怕丈夫公婆打骂。为了做得神不知鬼不觉，弟媳赶紧烧燃火坑里的柴火，嫂子知道弟媳的用意，赶紧将地上的红布口袋丢进了熊熊燃烧的火坑。转眼间，一切证据都灰飞烟灭。哪怕过路人一直哭骂到太阳落山，天黑下来，根本没得任何人晓得妯娌俩做了什么"好事"。

虽然没得人知道妯娌俩这件见不得人的事情，然而自从两妯娌偷了骨灰后，两人就像变了一个人似的，整天闷闷不乐、郁郁寡欢，吃不香、睡不甜，身体一天比一天消瘦。

丈夫公婆请来医生，分别把脉，却摸不出什么病来。没办法，医生也不晓得她们俩得了什么怪病，当然就无从下药。

嫂子先死，弟媳见嫂子死了，知道是自己作的孽，也难免一死，她自己也不晓得到底是阴魂不散——死鬼找上了门，还是自己吓着了自己？总之确实是病了，而且病入膏肓。

弟媳跟丈夫的感情非常好，看见丈夫眼泪汪汪，而自己身体一天不如一天，内心非常惭愧，于是把怎样偷别人的骨灰红布口袋，怎样处理的事，一五一十地告诉给了丈夫。

丈夫公婆知道了原因，赶紧请来端公，可是已经迟了，回天乏力。最后，不得不后悔而终。

也许是生活所迫，李二婶对儿女们的胡作非为，从来视而不见，充耳不闻。随着年龄的增长，土森渐渐发现，李二婶的不管不问，好像给予了默认，这一默认便是放纵，放任，让他们偷盗的胆子越来越大。

婆婆却一直坚持说："人穷志不穷，绝对不能去偷，去抢！"还说，"讨口无人笑，做贼打得跳！"

母亲教导说："夜夜做贼不富。从来没有看见哪家的富裕是偷来的，要富裕，一定要勤快、勤奋、勤劳。"

铁骡子滚岩了

李家出事了，土森赶紧跑过去，原来三哥昨晚上从风雅镇的某单位的住宿楼的二楼上摔了下来。晚上不睡觉，怎么会从人家楼上摔下来？土森不明白，没敢问李二婶，悄悄问四姐。四姐像做了贼似的红着脸说："不要问了，羞死人了。"

羞人，做了什么坏事，莫非做了贼，被人从楼上推了下来？

后来才听见村子里的人议论说三哥趁着黑夜，去偷人家晾在楼檐口的香肠腊肉，被人发现，人家大吼一声："逮着，有小偷！"慌乱中，他自己摔了下来。当时站不起来，右腿骨骨折，幸好香肠腊肉没到手，人家没有捉到赃，也就不再追究。待到天亮，好心人发现后告诉龙塘村人，村民才将他抬了回家。

那天，大姐香兰为给三哥医治伤腿，上山挖药挣钱。天还没有亮就出门，只是告诉李二婶说："妈，我扯绵芪去了！"悬崖上的绵芪，一般不好用锄头挖，须用力手扯，所以叫扯绵芪。

绵芪是中药材，县收购站常年收购。翻过龙塘山后面的山梁就有，每年都有人上山去挖。一般情况下，挖药人要带上粮食，住在山上的岩洞、岩窝至少两三天，等药挖够并且晾晒几天，减轻水分后，才背下山。

在经济贫乏的年代，平坦地方的绵芪的生长速度，远远不够人们挖掘的速度。要想挖到好一点粗一点的绵芪，必须寻找常人不太注意的角落，甚至没有人敢涉足的地方——悬崖。

大姐出门已经三天没有回家，李家人三天没有吃着大姐煮的饭菜。二哥劳动一天回家，看见一只手的四姐，并且闻到四姐面蒸蒸烧焦后窜满一屋的焦味儿，骂道："矮骡子哪里去了？四鬼子，爪手子，他妈的连饭都煮不好！"

李二婶才想起大姐上山挖药去了，骂道："短命的！只有你累？骂东骂西的，矮骡子上山挖绵芪，几天了哦，她应该回来得了！"

二婶骂人的话多得很，什么宰脑壳的、挨千刀的、滚岩的等。村里的老人说过她，叫她不要乱骂，一个老人家，口招风，要不得。

半靠半坐在火塘边的三哥抱怨着："屎大爷请她去挖绵芪，这个时候，是挖绵芪的时候？伴儿都没得一个。"此时此刻，还算有点良心的他，想起了任劳任怨的不是母亲胜似母亲的大姐。

此时此刻的李二婶有点心慌了，大姐一个人上山，万一摔倒在哪里根本没得人知道，万一遇见豺狼、野猪、老熊……

不想也罢，一想，一下子觉出大姐的诸多好处来。

二婶一反常态，趁夜亲手烧了几个馍馍。

自从二爸去世后，矮骡子就是一家人的依靠。从来不多言不多语，埋头挣工分，操持一家人的生计。

终于熬到第四天，天一亮，李二婶冲大哥说："去队长那儿请个假，顺便请队长派两个小伙子跟你一起上山去找一下矮骡子！"估计凶多吉少了。

寻找的结果，完全在预料之中，大姐摔死在悬崖下。

可怜的大姐，由于路太远，尸骨都未能正常安葬，而是在悬崖边挖些泥土草草掩埋。辛辛苦苦为了李家奉献了一切的她，实在是可怜，到了最后连一件寿衣、一副寿材都未得到。

龙塘村的民众，无不为之唏嘘惋惜，唉！多好的一个姑娘呀！

失去大姐这个强劳动力，李二婶更加心灰意冷，身体一天不如一天，要钱买药、买烟。她的为人也越来越自私。一旦有一点钱，她会完全用在她自己身上，总是自我安慰地说："娃娃些，有吃在后，有穿在后。"在她的人生中，仿佛她过了今天，就没有明天似的，得过且过。对儿女们的事情更加视而不见，充耳不闻。

四姐桂兰正是读书的年龄，而且只是一只手，然而一只手也得煮饭、喂猪、砍柴，渐渐承担起大姐曾经承担的责任。沉重的负担，就是一个健全的成年人都有些吃不消。何况还是一个手有残疾的孩子。铜忠六岁、秋兰四岁，虽是天真烂漫的年龄，每天也被迫扯猪草，做家务。

看见李家的不幸，婆婆与母亲都非常同情，然而爱莫能助。

母亲对土森说："你四姐太可怜，你就不要过去给他们添乱了。不要过去吃了，他们的日子都不好过。"

婆婆也说："现在不比往年，往年李二爸在，她大姐在，他们家的日子好得多。眼下，伤的伤，残的残，哎哟！造孽（可怜）哟。我们也帮不了啥忙，你们都不准过去给他们添麻烦了。"

由于经济条件有限，三哥摔伤的腿没有得到及时救治，落下了终身残疾。

生产队安排的院场里手上的轻松活儿，他却不愿意干。白天在屋里睡大觉，晚上挂着一根木棍，一拐一拐地不知道到什么地方干什么去了。

李二婶呢，自从失去了李二爸和大姐更加沉闷，一蹶不起。除了每天去给生产队扯一趟猪草（挣半个劳力的工分），便成天坐在家里唉声叹气，这痛那痛。全指望二哥多挣工分养活一家人。

原先李二爸烧的木炭和大姐砍的柴，渐渐烧完了。原本热热闹闹的李家火塘，被玉米秆、玉米根、蒿草代替，原本盛满温暖温馨的家，一下子冷清下来。

李二婶对土森来与不来，再也没有一声亲切而甜蜜的"奶儿子"的呼唤。对他跟对她自己的孩子一样——视而不见。然而土森仍然有事无事都要过去看看，他关心的是桂兰、铜忠、秋兰。

十八岁的二哥血气方刚，浑身有使不完的力气，除了努力挣工分外，随时随地都要捡一些柴草回家，一家人的烧柴，全靠一只手的桂兰是供应不上的。毕竟她年龄小，手又残疾。要知道龙塘山近处的柴火早就被人们砍光，龙塘山上的柴，越砍越远。近处只有蒿蒿草草，那些蒿草肯燃，但不经烧。

二哥呢，虽然能干，却怨气满腹，为什么有怨气？原来是他看上了同村的一位漂亮姑娘。

姑娘不但漂亮，而且贤惠，绣得一手好花，她所做的鞋子、鞋垫令风雅镇的青年男女羡慕。

姑娘是独生女，父母老来得女，舍不得让姑娘受半点委屈，对上门求亲的所有人直言不讳地说："我们不嫁女，要招（赘）上门女婿。"

姑娘也看上了二哥，原本希望等二哥的兄弟姊妹长大后，招赘二哥。

李家突遭变故，她只有鼓励二哥娶一个贤惠能干的媳妇，好协助他一道孝敬母亲，带好弟妹。

与姑娘分手的二哥，一度变了一个人似的无精打采，沮丧颓废，成天怨天怨地怨人。一家人不敢冒犯他，稍有不如意，便会摔东砸西。整得家里乒乒乓乓，鸡犬不宁，吓得四姐、铜忠、秋兰赶紧躲在角落里，不敢吭声。

二婶知道二哥的心思，知道他的痛苦，也心疼他，但也是无能为力。

瓜田李下的忌讳

自从父亲去世，十四岁读初二的姐姐完全成了大人。家务事，见啥做啥，还利用节假日参加生产队的劳动，挣几个工分。

在当时羌族地区，无论男女孩子，满了十三岁就算成人，在条件许可的情况下，还专门要为孩子举行成人礼。

成人礼要邀请德高望重的村长或者长辈来主持，请来亲戚、邻居、亲朋好友来做证，物质上也有一定的表示（礼物）。因此一个成人礼需要一定的开支。龙塘村，包括姐姐在内，虽然到了该做成人礼的时候，大人只是一句"你已经成人了，以后就是大人了"就打发了。

在那饥饿的年代，有的村民趁打小麦或者晒粮食的时候，故意穿上筒靴，并且在粮食堆里走几遭，回到家，倒出筒靴里的粮食，有两三斤，甚至有的将玉米藏在衣服下面，玉米籽藏在衣兜里。掰玉米的时候，队长要求将背篓倒着背，如此便藏不住偷盗的玉米，然而有的人悄悄将玉米用壳拴几个在背篓的篾条上，就算是倒背背篓也会偷几个玉米回家，偷盗的花样无奇不有。因此村子上，必须找靠得住的人去院场、保管室看守粮食，粮食才不会走路（被偷）。

生产队队长见土森家一来超支越来越多，二来家风家教良好，特意给姐姐安排了一个夜晚看守的活，虽然每晚上只有一分半工，一年下来，还是有五百多分。姑娘家的瞌睡比年轻小伙子轻，于是安排两个姑娘（姐姐和何姐）看守院场。

为了保证姑娘家的安全，队长便安排两个姑娘晚上睡在保管室房背上，居高临下对院场里的角角落落一目了然。院场呈长方形，两亩多大，一半水泥地坪，一半泥土地。高大的围墙，至少有三米。唯一的出口，便是保管室旁边的一道门。

保管室，两百多平方米的二层楼，土木结构。大门进去首先是过道，过道两边的底层便是全木仓库，阴雨天可以在二楼楼板晾晒粮食。泥土盖的房顶非常平整，完全可以坝铺，然而好心的队长，从他们家抬了一架木头床，而且是有蚊帐架子的那种，利用蚊帐架子围盖四面，留一面朝生产队的院场。保管室门口，生产队专门为杨大爷搭建了一个小屋，这里便是杨大爷的卧室兼厨房。

土森姐姐跟村上一个比她大十来岁，老实本分的何姓姐姐一起看守晒场，她们每天首先得穿过保管室，进院场，然后从长木头梯子爬上房背。夏秋季，生产队收回来的粮食多，待粮食晒干后便归仓，只要装进粮仓，就连耗子也偷不了。到了冬天，院场上只剩黄豆、洋芋、萝卜。这个时候，看守人基本上可以放心大胆地睡觉。在村民的眼里，这个看守晒场的活路轻，是队长偏心，白送工分，是睡觉还可以挣工分的美差。

美差也并不是村民们想象的那样，虽然能挣一分半工，却苦了姐姐。苦恼的是书包不能背进院场，晚上姐姐要看书、做作业只得将作业抱在手上，或者夹在腋下。

第一天进院场的时候，姐姐不懂，背起书包就往院场里走，却被杨大爷吼住："女子，女子，包包不要背进去喔！"

听见杨大爷的阻止，姐姐愣了起来，感到委屈，知道杨大爷不让背书包进去的原因是担心姐姐利用看守之便偷窃集体粮食。

姐姐的脸都气红了，觉得受到了莫大侮辱，眼泪都要掉下来。

杨大爷盯着一脸委屈的姐姐笑笑说："背都背来了，今晚上就把书包搁在我这儿，你把书本拿上去，明晚上就不要背来了。"

年轻幼稚的姐姐恨杨大爷不放心、不信任自己："我又不会偷！我，从来不敢偷。"村上许多人都相信他们家不会偷，为什么偏偏邻居杨大爷就不信任呢？退一万步说，别人不清楚，你杨大爷都不清楚？

杨大爷虽然是老顽固、死脑筋，但真真实实地为了爱护姐姐，退一步说："要不，你先在保管室做作业，作业做完，拿一本书上去，其他的就搁在保管室，我给你看着，明天下来背。"

这样也好，房背上没有写作业的桌子，只捡了几匹砖支了一个木板，坐在地上的一个砖上，像狗一样趴在地上。保管室至少有一个圆桌似的大鼓，这个鼓完全可以当桌子。

后来姐姐才明白，杨大爷不让背书包进院场的苦心，并不是杨大爷不信任，而是为自己避瓜田李下之嫌。

睡觉挣工分，并不是人们想象的那么轻松，夏天院场里堆满收割回来的小麦，为了尽快脱粒，尽快入仓，那打麦子的机器嗡嗡声一直要吵到天亮。姐姐虽然年轻，瞌睡重，但再重也不能伴随着巨响入睡。打麦子那一段时候，姐姐成天晕头晕脑，睡眠严重不足，影响了学习。

到了秋天，本该睡个清静觉了，可是麦蚊子特别多，这种蚊子，个头特别小，叮人特别凶，逮又逮不着，打也打不死，甚至有些看不真切，人们称之为猫猫蚊。到了第二天天亮，两位姐姐你看看我，我看看你，哭笑不得——脸上长满了红疙瘩。

没办法，红疙瘩就红疙瘩吧，红疙瘩上那是一分半工呢！

冬天，终于没有麦蚊子了，但单薄的老棉絮被子，根本抵御不了山区的寒冷。睡之前，抱一大捆黄豆秸秆、撮一大撮箕玉米芯，到杨大爷看守小屋烧一大笼火，将身子、脚手烤热和后才上房背睡（晒场上还有洋芋、萝卜需要看守）。

那年的冬天，特别寒冷，由于家庭条件有限，何姐一床五斤重的旧棉被，土森家除棉被，母亲还特意给拿了一床羊毛毡。即便如此，仍然抵御不了寒冷，姐姐跟何姐全身蜷曲、相互拥抱，方能安然入眠。天终于亮了，两个姐姐的眼睫毛、眉毛、刘海全部凝结起白霜。脸色红里透着紫。好在农村的孩子锻炼的时间多，身体素质好，不会轻易感冒。

杨大爷、何姐、姐姐三人经常围坐在火塘边，跳动的火苗在三人的脸上跳跃，烤火时，既是身体享受，还是精神享受。姐姐和何姐都不想去睡觉，舍不得离开小屋。

然而，杨大爷是一位严格要求的老人，时间差不多，便会催促着："上去得了！都在这儿，贼娃子来了，都不晓得。"

烤火时常听见黄豆秸秆、玉米芯上残留的黄豆、玉米籽在大火中爆出噼啪声，并且飘浮出粮食烧煳后特殊的香味。两个年轻女子吞着口水，很想从火塘里扒出那些为数不多烧熟的黄豆和玉米，可是你看看我，我看看你，都不敢伸手，哪怕让它过了火焰山变成灰烬，都不敢将它们抢救出来，喂进嘴里，充实饥饿的肠胃。

因为杨大爷说过：吃惯了就吃顺嘴了，就会拿更多更好的粮食来烧起吃。

很多年以后，人们仍然不相信姐姐她们没有偷吃集体的东西，好事地悄悄问何姐："你们晚上看守院场，就没有烧些玉米、洋芋、萝卜吃？"

何姐肯定地说："没有，不敢！守门的杨老汉管得严，凶得很。哪个敢哟，孤人就是孤人！"语言中愤愤不平，表现出对杨大爷的不满。

人家根本不相信，哼哼冷笑着说："见食不贪，是憨憨，队上那么多（粮食）堆在那儿，你们吃进肚子头，屙进厕所头，哪个晓得？你们不吃？鬼才相信！"

不管怎样，清者自清，后来，姐姐她们才知道杨大爷这样做是对的，不得不感谢杨大爷的为人正直。

半大脚婆婆

有一天，下午放学后，土森姐弟仨回家。

土森还未进门就高呼："婆婆，我们回来了！"

婆婆躺在床上："哎哟，哎哟，你们回来了？我、我马上起来给你们煮饭。"

姐姐放下书包，背起背篓出门去扯猪草。

弟弟上幼儿园，没有作业，蹲在院子的篱笆旁边用一根树枝逗蚂蚁玩。

土森听见婆婆说话的声音是从睡房里传来，赶紧跑进睡房问候道："婆婆，你咋个了？我们还不饿，我要先做作业。"

躺在床上的婆婆没有抬头，只是说："肚子疼，老毛病。睡一会儿就好了。"

土森端起一个高板凳和一个矮板凳在门口写作业。

好一阵过去，婆婆终于忍着腹中剧痛，慢吞吞地挨到灶门前烧火煮饭。土森作业已经完成，婆婆煮的饭还没有熟，于是跑到灶跟前帮忙。发现婆婆满头大汗，土森关心地问："婆婆，你那么热？"

婆婆艰难地用头帕的一角擦了擦脸上的汗水，咬牙说："不热，是肚子疼。"

肚子痛成这样，土森问："吃药了没有？"婆婆有个胃痛病，由于不懂，婆婆一直都说胸口痛，或者肚子痛。往常肚子痛，去村上赤脚医生处拣（买）点药吃后，慢慢就会好一点。

婆婆点头，她自己也觉得奇怪，往天肚子痛，医疗站弄点药吃了，很快就松了，可是今天这个肚子痛，吃了药，仍然不见松。是不是遇见鬼了？无知的婆婆有些迷信，以为是鬼怪在作祟。

晚饭婆婆一口都没有吃，便上床躺下了。

母亲着急地问："妈，要不要去医院看一下？"

婆婆艰难地说："医疗站，弄了药，吃了三道。"

母亲看见婆婆的脸色不对："医生咋个说？"

"没有，没有咋说。"婆婆闭着眼睛。

母亲叫姐姐："你守着你婆婆，等一会儿，问她喝不喝水。我跟土森去把医生请到家里来，再看看。"

医生请到屋头，借着不太亮的电灯光（70年代中县城通电），医生认真地摁了摁婆婆肚子上的每一个地方，每摁一下，问一声："这个儿痛不痛？"好像每一个地方都痛似的。到底是哪里痛？疼痛中的婆婆自己也说不清楚。

医生叹口气，摇头转身对旁边的母亲说："白天弄了药，没有一点效果，依我看，还是赶紧去大（镇、县）医院。"

"不去，一把老骨头了！"婆婆坚持着不去。

医生耐心地对母亲说："你们还是快点去大医院，我估计是急性阑尾炎，要开刀。"

母亲盯着平时舍不得吃舍不得穿的婆婆，才发现她变得骨瘦如柴。唉，远比同龄人（七十多岁）瘦得多，问赤脚医生："不开刀行不？"

"急性的，不开刀，恐怕不得行。建议还是送医院。"医生看看婆婆痛苦的样子，抬头望着母亲。"如果这个时候要送，我可以帮忙。"

婆婆忍着剧痛，摆手说："去医院，（住院）动不动就要先交钱。"

母亲说："钱二天慢慢挣。"

说实话，一个人劳动挣工分，分了粮食后，一年算下来，不但分不了一分钱，而且还欠队上的口粮钱。土森家现在是生产大队最大的超支户。

婆婆对家庭的经济情况了如指掌，因此坚持不去医院。

医生严肃地说："如果没得钱，我可以先借给你们，走，我们赶紧去医院。"

全村有名的凶婆婆、倔婆婆冒火了："我说了不去，不去！"

年轻的医生搓着手："你，倔婶婶，咋个这么犟哦！"

"妈，按医生说的还是送你去医院。你看？"母亲不敢直接要求婆婆，而是以商量的口吻。

"你晓得不，我死了，这些钱安埋我都够了！不去，老都老了，还要挨一刀。不去！死了，还不能留个全尸。"婆婆担心，如果医治不好人财两空，给家里造成更大的经济负担。

医生和母亲都拿她没办法，土森姐弟仁更没得办法。只好眼睁睁地看着她一天瘦似一天，呻吟的声音一天弱似一天，最后活生生地痛死在床上。

天降横财

　　一天晚上，土森做完洗碗、扫地、宰猪草、煮猪食等家务后，偷偷来到三步之遥的李家。

　　李家火塘边，四姐还在给弟妹烧洋芋，二婶早早上了床，二哥砍柴还没回家。三哥不知道又到哪里游荡去了。铜忠在宰猪草，秋兰往火塘边抱柴（玉米秆）。土森亲切地叫了一声："四姐！还没有吃饭？"

　　"嗯，奶儿子过来了？"四姐没有抬头看一眼土森，一只手做家务实在是艰难。

　　秋兰调皮地说："奶娃哥，我们扯猪草才回来！吃饭？灶神老爷还没有打摆子。"

　　四姐去二婶房间撮洋芋，问二婶说："妈，哪里不好（舒服）？"房间没有开灯，看不清楚二婶的脸。自从二爸去世后，二婶失去了精神支柱，毛病也多了起来，很多时候都瘫在床上。

　　四姐摸索着对二婶道："我烧了洋芋，等一会儿，你少吃一点！"

　　烧洋芋，用不着洗，再说时间晚了，家里还有许多事情。猪圈里的猪早就把猪圈打得乒乓响，如果再不快点给猪食喂上，说不定要打出圈门。二哥还没有回家，三哥根本指望不上了，自从腿伤后，从来不做家务事，也不参加生产队的劳动。成天在风雅镇游手好闲，伙同一些街娃儿偷鸡摸狗。

　　二婶懒洋洋地回话说："我不吃，不想吃！"

　　土森帮忙将火塘里的火烧得大一点，见四姐端了满满一撮箕洋芋悄悄问："二婶在里屋？"

　　四姐点头："嗯，不好（病）了。"

　　秋兰低声抱怨着："哪里有那么多鬼毛病？天天都不好。"

　　四姐冲秋兰说："等会听见了，小心你的皮子！"同时，等不及火塘里的明火燃尽，就将洋芋倒进了火塘，时间晚了，一般情况下烧洋芋是将洋芋埋在红灰里，而不是直接用明火烧。

秋兰皱着眉头："我们挨打挨骂还挨少了？"

土森看见姐弟们忙碌，说："四姐，今天晚上，你们没有时间，就不学字了。"

四姐苦笑着说："来都来了，随便教两个。"日子虽然不算苦，但是没有一丁点甜蜜。只有跟土森学习识字的时候，能够暂时忘记生活的苦恼与磨难。

铜忠胡乱地砍着猪草说："学不学也没关系，来都来了，就耍一会儿，洋芋烧熟了，吃点。"铜忠知道四姐一直非常疼爱土森，甚至超过疼爱亲兄妹。

秋兰透过火塘上的烟雾望着土森说："土森哥，讲一下学校里有啥子好玩的。我从来都没有进过（风雅镇）学校。等哪天没得事情做了，我们也去耍一下。"

铜忠说："哪天没得事情做了？"

"嗯，哥哥，等哪天没得事情做了，我们都去耍哦！"秋兰天真地笑着说。

铜忠没好气地说："要想没得事情做，只有等到鼻子上没得了风风（呼吸）。"

自从懂事以来，家务事好像就从来没有做完过。地扫了，又要脏，饭做熟了吃完了，二顿又要煮。周而复始，哪里有做完的一天。

二婶听见了铜忠的话，终于忍不住了，站到房间门口破口大骂："短命的，人小鬼大，去死嘛！懒狗吃屎，懒人望死！不学好的东西！"

四个孩子望着非常严肃的二婶。一瞬间没有回过神，还是土森聪明赶紧从火塘边站起来亲切地叫了一声："二婶，你好点没有？来这儿坐！"忙吹了吹长凳子上的灰。

二婶没有回答，也没有坐："长大，就好了！长大，就好了！"此话不知是对铜忠说的，还是她自言自语，自己安慰自己，说完转身进屋去了。

一会儿工夫，便闻着洋芋的香味。

门外有了脚步声，是二哥砍柴回来了。二哥上半天就完成了挑粪任务，下半天的时间上山砍柴。

土森迎了出门叫了一声："二哥！"

二哥嗯了一声："奶儿子来了？"放下柴捆子，径直进门便坐到火塘边。土森跟在身后，看样子二哥又累又饿，头上的汗水都来不及擦，疲惫地坐在火塘边的凳子上。

"二哥，喝水不，我去给你舀？"乖巧的土森看见二哥实在是太辛苦，心疼地问。

"不干（渴），不干，就是饿得遭不住了。吃得了不？"二哥说话间抓起了火塘边的火钳。

四姐忙阻止说："还要等一会儿。"

"我都闻着香了，管他的，先吃一个。"在龙塘村的村民心中，生洋芋都可以吃，冬天耕地的时候，那些被挖漏掉了的洋芋被翻了出来，擦擦泥土，啃掉外皮就吃。经过一个冬的冷冻，变得又脆又甜，好像吃水果一般。既解渴，又抵饿。春天种洋芋的时候，生产队要切洋芋种，洋芋种只需要牙眼多的部分，几乎没有牙眼或者牙眼较少的部分就分给村民吃。此时的洋芋，生吃起来又甜又脆。

不管三七二十一，二哥扒拉了一个出来，表面漆黑。他不怕烫，用手去捏，的确没有软（熟）。

四姐皱着眉头说："还皮焦骨头（里面）生，说要等一会儿，你不听。"

"今天没有吃中午饭，饿慌了！你们也不早点回来弄饭，还好意思说？"二哥有点埋怨。

秋兰说："你以为屋头的事情就那么好做？猪草不好扯！"家家户户养猪，生产队的地只有那么多，地头的杂草长不赢。

铜忠把猪草直接倒进了猪食锅说："今天这个猪草，没得根根（根带泥土），我不淘了。"

二哥骂了一句："短命的，懒，还有借口。"话声未着地，门口传来了生产队队长的嗓音："金忠，金忠，在屋头没有？"

二哥一惊，站起来就往房间里躲，小声对几姊妹说："就说我不在，不在。"

身材高大，一米八左右，长方形的脸，高高的鼻梁，宽皮大脸，大眼睛上面两把酷似刀子的浓眉，什么时候看上去都是表情严肃，严肃得有些凶悍。龙塘沟村的大人小孩没得哪个不害怕他。他便是龙塘沟村生产队的队长。队长大步进屋，一眼看见二哥正往房间里藏，吼道："躲啥子躲？把东西交出来！所有人都交了！"

土森、四姐等瞪大眼睛，不明白队长让二哥把什么交出来。莫非二哥偷了队上的什么东西？

二哥心里有鬼，转身脸一红，假装不懂问："交，交啥子东西？"

"嘿嘿！交啥子，今天挑粪的所有人，我找了，他们说你砍柴去了，所以这个时候才来找你。人家都交了！"

"没得，真的没得。"二哥一脸无辜。

"真的没得？那他们说你抢了一个，一个也要交出来！"队长的脸上没得一点点表情。

火塘边所有人都有些害怕，根本不敢看他的脸。

二婶听见队长的声音，从里屋磨蹭着出来了，偏偏倒倒（趔趄）走路不太稳定。

队长一愣，不太亮的灯光下，看见二婶的脸色黄里带青，没有一点血色。接连失去两个亲人，对她的打击太大，连忙招呼道："二婶，你？"

二婶慢吞吞地看看二哥，再看看队长说："交啥子？你们哪个看见他拿啥子回来了？"二婶问四姐等。

一家人莫名其妙，抬头看看二哥，再看了看队长严肃的脸。

队长一下子进退两难，硬要吧？他们一家人有些造孽（可怜），没办法，还是走为上策。"没得算了，算了！二婶，你好好休息！"

队长走后，二婶转身进了里屋。

二哥也一下子快步走进他们的房间，只听见二哥翻找东西，将箱箱柜柜弄得噼噼啪啪，乒乒乓乓，并且大声冲大家吼道："哪里去了？我明明放在枕头下面的，你们哪个拿了？给我拿出来！"

二婶没有开腔，四姐他们根本不清楚二哥到底丢了什么。再说，一穷二白的一个家，有什么好东西可拿？

默不作声，二哥冲进二婶的房间大声质问："说，是不是你拿了？早晓得要掉，老子就不该去砍柴。"

"啥、啥子？我、我没有拿。"二婶话不连贯。

土森猜测，真的是二婶把二哥的什么东西拿了。

到底拿了什么呢？后来，土森从大人们那里知道，原来二哥他们挑粪，是给玉米泡走粪。挑到最后，便开始起茅厕底子的黏粪，同样要挑到生产队地边上往走水（流动的水）中倒，结果黏粪里冲出了银圆。

大伙猜测，这银圆是在土改时，地主害怕成分被定高，偷偷把银圆丢进了茅厕。大伙见有银圆，纷纷争先恐后地去挑茅厕底子的黏粪，并且睁大眼睛盯着进水口，一旦发现有银圆，大伙就开始抢，人们都说二哥抢到了一个。

中午，二婶在给生产队送猪草的路上就听见人们议论着，回家就在枕头下面找着了，于是等到下午银行上班，就把它拿去卖了，一个银圆卖了三块五角钱。当时的风雅镇没得古玩交易场所，更没得黑市交易市场，一般人家有祖传的银圆，或者金首饰，如果需要用钱，都会拿到银行去卖。

要知道，当时的三块五，不是小数目，它可以买七斤高价大米。在经济落后的年代，有人想用钱，会偷家里为数不多的粮食去卖高价。然而，二婶的三块五既没有去买高价粮，也没有去买其他生活必需品，而是拿钱吃了一份回锅肉，又买了一包"经济"香烟，剩下的钱藏了起来，她要一个人享用。

二哥一再追问，二婶说："一两银子二两福，没得福分守着哭！银子会走路，说不定走了！"

二哥大骂出口："鬼才相信，肯定是我们屋头出贼了。"

土森知道，家贼难防，偷断屋梁。长大后土森才得知国家的法律规定，当年地主藏的银圆本来就归国家所有，然而当时的银圆全部归到了队长手里。据传言，除了零星的几个没有下落外，一共上缴了九十多个。

全村的村民，眼巴巴地盼望着队长手中的这九十多个银圆变现，每家每户或多或少能够分得几个钱，然而自始至终没有动静。

一直到了队长出公差去坝区为龙塘村购买树苗，手扶式拖拉机翻到岩坎下去世，有心计的人趁安葬他的时候，去他家翻箱倒柜，结果也未发现半分半毫。九十多个银圆就这样不翼而飞，事情也就不了了之。

传言不一，众说纷纭：说队长拿去养他的相好了，也有说他藏起来了。对于他的去世，村民们非常惋惜，也非常痛心。那么能干的队长，本来是去买树苗，带动村民走共同富裕的道路，结果买树苗的钱也不翼而飞。如果他在，钱财的希望虽然渺茫，仍然有希望。

村民们更多的是说："混财得不得，得了混财没得好下场。"这种说法，是不是真的？土森不明白。但他终身牢记——不属于自己的东西，一定不能要。

二哥的苦恼

　　二哥猜测银圆一定是二婶拿去用掉了，因此对她非常怨恨，恨她不是一个合格的母亲，自私自利。恨自己为什么出身在这样的家庭？然而，二婶毕竟是自己的母亲。沮丧、懊恼、怨恨，无济于事，命该如此。谁能够抗争过命运？

　　有一天，二哥无意间对一道上山砍柴的伙伴说："唉！活着真累！每天除了为一家人的嘴（吃食），就是为了一家人的烧（柴），还要负责一家人的喝（饮用水）。"

　　伙伴附和着说："哪个不是呢？一年四季都在忙，除了过年那么三四天。"

　　"你们、你们至少有妈老汉（爸）、弟兄姊妹疼（爱），我呢？老的、大的不像话。小的还小。"二哥完全对生活失去了信心。

　　"宁在世上挨，不在土中埋。"伙伴劝着，"总有出头的时候。"

　　二哥摇头说："关键的是这辈子，没有一点希望，没得啥子指望。"

　　"好死不如赖活，等你家的三个小的长大了，你们家的日子就会好起来。"

　　二哥无语，等小的长大，恐怕，庙子修起，和尚都老了。

　　伙伴调侃说："依我说跳河吧？水太冷。割颈吧？太疼。吊喉吧？死相太难看，舌头伸得老长。"

　　"哈哈，还是不要寻短见好。"

　　伙伴继续调侃说："实在太累，要不，学你们家银忠，成天吃了耍，耍了吃。"在大伙眼里，三哥银忠过的是神仙的日子。当然也不清楚，他的吃食到底是从哪里来的。

　　当时风雅镇需要组织一个文艺宣传队，一表人才的二哥被部队退伍回来的队长兼编导看上了，让龙塘村（生产大队）的队长通知他去填表报到，可是二婶竭力反对。

　　自私的她担心二哥一旦参加镇宣传队，一来工分挣得少，二来家里的烧柴问题，还有吃水问题，总之一系列的问题都会落在她的头上。这些事二婶一直瞒着二哥，后来风雅镇宣传队来龙塘村表演文艺节目，听别人的议论说："看，台上的李玉和根本没得李二哥标致。本来是李二哥扮演的，结果他妈不同意。"二哥才了解情况。

现在，龙塘村挨得最近的两家人，在生活的重压下，日子也差不多了。

高高的花红

秋天里的一天下午，放学后，土森跟四姐去扯猪草，经过龙塘沟边上生产队那棵花红树。这是一棵二人合抱的大树，粗皮癞甲，树干高至二三楼，七八根枝丫伸得老远，硕大的树冠，覆盖着龙塘沟的一段以及沟边的一个菜园的一角。秋风簌簌，吹得花红树树枝、树叶嗖嗖抖动。抬头望着树上红透或半红的花红，他们直咽口水。

土森与四姐抬头眼巴巴地望着摇摆不定的树枝，可是并没有花红从树上掉下来。偶尔看见掉了一个下来，欣喜若狂，谁知它直端端地掉进了龙塘沟，旋即被湍急的龙塘沟水带走。

土森盯着哗啦啦的龙塘沟水失望地摇头，继而抬头渴望地望着树枝上摇曳的花红。

此时，刚好挑粪的二哥经过他们身边，看见他俩的神情，摇头说："死狗望羊屎，就不晓得动脑筋？"既同情又心疼，赶紧放下肩上的粪桶扁担，从路边抓起两个石头大声说，"让开点！"

嗖嗖两个石头迅速地先后飞上硕果累累的花红树，经验十足的二哥选择了伸向大路方向的花红树枝，只听见噼里啪啦的声音，有红（熟透）有白（没熟）的几个花红落在大路上，同时也有掉进龙塘沟里的，旋即顺水而去。

土森愣着，二哥大吼道："还不快捡，等一会儿人来多了，你们捡狗屎！"二哥对最亲近的人，也习惯了说怪话。

四姐聪明，只捡熟透了的。

土森却来者不拒，不管红透了的，还是没有红透的，统统一个不剩地全部收拾起来。默数了一下，居然捡了五个，于是非常兴奋地冲四姐说："五个，四姐，五个，你呢？"

四姐笑笑说："我没得你多，总共三个。"

土森愣了一会儿说："你少，你吃；我多，我给二哥！"

二哥对他们看都不看一眼，挑起粪桶便快速离开花红树，离开他们。

四姐啃着花红说："他不要，你自己吃。"

"要不？我分一个给你。我们就一样多。"土森同情可怜的四姐，她哪里抢得过两只手的人呢？

就在两个人分不分的时候，又有挑粪的人经过。

四姐小声说："分啥子分，还不藏着？快走，队长晓得了，要扣工分。"

土森生性胆小怕事，害怕连累大人，连累家人，赶紧将花红揣进了衣兜。

四姐不让分，土森非常高兴，五个花红，正好带给母亲、姐姐和弟弟。让他们也尝尝。年幼的他，心想捡来的，当钱买来的。

殊不知，花红带回家却招到母亲一顿教训："哪里来的？"母亲十分气愤，怒目以对。

"捡的。"土森撒谎，不敢说二哥打的。捡花红，在龙塘村根本没人指责，没人非议。

"捡的，那么好捡，我咋个没有捡着呢？"母亲一眼就看清楚了，土森手上的花红，并不是熟透了，风一吹就掉下来的那种。要知道，每天从树下经过的人没得几千也有几百，那么多眼睛盯着，不要说整的，摔成八瓣的，人们也毫不放过一牙。

"风吹下来的，哪个遇见哪个捡，果木树下面没栏杆。"土森学着有些大人的话。

"哪个给你说的果木树下无栏杆？"母亲生怕土森受李家人的不良影响。

"大人们都这么说。"土森低声叽咕。后悔早知道结果是这样，还不如自己把它吃掉。人家四姐，晓得回家分不够，就各人吃掉了。吃在嘴里，消化在肚子里，拉到厕所里，神不知鬼不觉。

母亲仿佛看穿了土森的内心说："跟着他们（李家）去做正事，可以。歪门邪道的那一套，不准学。"

姐姐忙往灶门前抱柴，弟弟忙着写字。

母亲冲姐姐说："抱合适，灶门前的柴不要抱多了。"

"嗯。"姐姐有些不高兴，空的时候多抱一点，避免忙的时候搞不赢。母亲解释道："穷灶门，富水缸。过日子啥子事情都得想清楚，主要是避免发生火灾。一旦灶孔里有火柴头掉出来，水缸里有水。"

殊不知母亲话题一转又回到花红的事情上来："土森，你想一下，如果你三哥不乱整，他的腿杆就不会成那样。如果腿杆不遭（受伤），你大姐就不会上山扯绵芪，如果你大姐不上山扯绵芪，她就不会走得那么早，走得那么造孽，哎哟，不但没有得到好死，还没有得到好埋，造孽了。你二婶就不会变成这样子，你说呢，是不是？他们一家人，大家都觉得造孽，可是，龙塘村就是没得人同情。"

母亲撩起衣裳前襟擦了擦眼睛。继续说："不管怎样，人一定要行得端坐得正，贪不得一点小便宜。贪不得不属于自己的东西。你们几个都给我记住，人一定要活得堂堂正正。"

土森知道，花红事件让母亲伤心了。

伟大的母亲

母亲承担着一般男人承担不了的活，白天参加生产队的劳动，而且还负担一家人的烧柴问题，几乎没有空手回家，她自我嘲讽说："出门不弯腰，进门没柴烧。"顺手捡些别人看不起的蒿草、玉米秆之类的，只要能烧火，尽量收捡回家。

当然，土森姐弟们也会利用学习空余时间，抬水、扯猪草、捡柴。

一家人的日子虽然清苦，然而和和美美。母亲从来不会像李二婶那样动不动就发火，甚至打人。

记得有一天，土森去二婶家教四姐写字。一进门，没有看见其他人，只看见四姐还在煮猪食，坐在火塘边的她虽然看见他进门，却像没有看见一样，没有像往常那样热情地招呼他，而是表情凝重，低头拉扯着衣袖。

土森招呼道："四姐！"四姐没有应，继续打量着四姐的脸，四姐的眼睛红红的，脸上还有泪水淌过的痕迹，于是关心地问："四姐，你今天咋个了？"四姐不吱声。

四姐低头伸手拿起锅铲，翻搅着铁锅里的猪食，不经意间露出了左手臂上的乌青。那团乌青，至少有鹅蛋那么大。

土森伸手指着四姐的手臂，惊呼起来："四姐，你的手，你的手，咋个了？"

四姐赶紧一缩，用爪起的右手，费力地扯了扯衣袖掩盖起来，眼泪不由自主地掉了下来。

"咋个了，是哪个打的，告诉二哥没有？如果哪个欺负你了，喊二哥找他算账。"土森继续嚷嚷。二哥虽然嘴上不怎么待见其他人，可是对土森、对四姐却是疼爱有加。

四姐抽泣着摇头哭诉着说："不敢，不敢，就算天王老子也不敢。"

土森瞪大眼睛，还有二哥不敢惹的人？怪事了，二哥可是龙塘村的能人，一般情况下，没得制服不了的。土森轻轻摇晃着四姐的肩膀说："那、那、是哪个？"

四姐哭得更伤心，不敢言语，摇着头，指了指二婶的睡房。

这个时候，估计二婶还在里面，土森小声问道："四姐，你是不是哪里没做对？"

四姐无奈地摇头，擦着眼泪小声说："我、我，怪我，怪我今天没有把割的马草卖出去。"

"割了马草，为什么没有卖出去？"有核桃，还愁没有棒棒打？土森不明白。

"人家说今天收的马草多了，马少，喂不完，万一遇着天气不好，晒不干怕要沤烂，不收，所以没有卖出去。"四姐大声说着，故意提高了音量。

刚才二婶见四姐把马草背回来，没让她辩解，就气急败坏地提起火塘边搅猪食的锅铲劈头盖脸过来，四姐伸出左手臂去护头，结果左上臂重重地挨了一下。

此话刚好被二婶听见，她气不打一处来，既然说是收够了，肯定在她前面就有很多人的马草被收了。气急败坏地冲到睡房门口，指着四姐骂道："那你咋个不早点背去？短命的，啥时候做事变得那么慢！"她忘记了四姐眼下一只手，能快吗？

"二婶！"土森乖巧地叫了一声。

二婶没有理会土森，二婶继续数落道："脑壳痛得遭不住，想买包头痛粉，等着你的钱，马草没卖出去，哎哟！没有把老子痛死，气都气死了。"

"人家不收，我、我有啥子办法？"四姐继续哭泣着回了一句。

"吧！嘴还硬呢？人家不收，你不晓得下句话。"二婶瞪着牛一样的大眼睛，伸出手，本想上前扯四姐的嘴，看见火塘边的土森，很快将伸出的手缩了回去，气呼呼地转身进了她的睡房。

吃过二婶奶的土森，心疼四姐的同时，也心疼二婶，听见二婶头痛，赶紧回家。

母亲见土森很快就回家了，好奇地问："今天，咋个没有教你四姐他们学写字？"

土森望着母亲饱经风霜的脸，知道母亲为了一家人的生存，没日没夜地操劳，不好意思开口向母亲要钱。可是一想到二婶那个样子，还有四姐的伤，作为一个母亲如果不是实在疼痛难忍，肯定不会将四姐打成那样。土森没有直接回答母亲的话，却说："二婶脑壳痛！"

母亲迟疑起来，脑壳痛，一家人的吃穿，一家人的生活，哪里不脑壳痛？自己不是强硬地支撑着这个家吗？嘴上却说："教他们学字，关你二婶啥事？"

"我，我。"土森语塞。聪明的母亲知道好心的土森肯定回家来拿什么或者要什么，想了想说："你去看看我们屋头还有没有头痛粉？"

土森知道，头痛粉那是婆婆在时常备的，婆婆是用头痛粉止她的心口（胃）痛，于是赶紧去婆婆曾经的睡房里，木床旁边的一个破旧的柜子里翻找，结果无望。土森沮丧地对母亲："妈，没得了。"

"你二婶痛得很不？"

如果不痛得厉害，她能够打四姐吗？四姐带弟妹那么辛苦，既要管一家人的饭，管两头猪，还要割草卖了挣钱。二婶都能够下那么重的手，肯定是头疼之极，于是回答母亲道："痛得打四姐了。"

母亲大惊失色："脑壳痛，就打人？打了人，就不痛了？嘿，这才是怪事情！"

是啊，天底下绝对没有任何人有了病痛就打人，就会打好他的病痛。那绝对是毛病、怪病。母亲嘴上虽然这样说，但是善良的她，在怀里摸索了好一阵，抖抖地伸出手，对土森说："我这只有两角钱，你快给你二婶拿去，让她去买头痛粉。"

土森迟疑了一下，两角钱，可是一个本子、一根铅笔、一个橡皮擦子的钱。自己的本子写完后，翻过来又写。

"快拿去，你还站在那儿干啥？"

听见母亲的话，土森如梦初醒，赶紧道："哦，就去，要不，我去给二婶买了送过去。"虽然心疼二婶，但是心疼母亲还是多一点。想用一角钱买头痛粉，剩回一角钱给母亲留着，以后买本子或者铅笔。

母亲知道懂事的土森也有他的想法，然而二婶有恩于自家，还是忍痛割爱地说："给你二婶拿去，让她自己去买，万一你弄错了，就要不得了。"

味美的泡儿

土森第一次摘泡儿（野草莓），是端午节前几天的一个星期六的下午。事先跟四姐、四姐的堂哥约定：中午一放学便上山打泡儿。四姐照顾弟妹，做家务，没有上学，然而生活经验之丰富，动手能力之强，让许多成年人都瞠目结舌。她堂哥给家里养羊割羊草，也没有上过学。之所以约定为星期六下午爬山，不光是土森下午不上学，关键要等四姐将么弟、秋兰安顿好。堂哥割羊草、打泡儿两不误。

见识过小伙伴的成果——满满一大盆红红白白珍珠玛瑙般的泡儿，端到街上两分钱一勺（普通陶瓷小汤勺），一分钱半勺。半天时间，一分两分纸币便会一大堆。虽然只是几毛钱，然而比大人在生产队劳动一天的工钱还高。真让人羡慕呀！

放学后土森飞快丢下书包，从碗柜里抓了几把冷面蒸蒸揣在衣兜里，抄起面板上的一个面盆和一个搪瓷茶杯。他信心满满，希望能够跟他们一样打满满一盆泡儿。一盆泡儿，是许多本子、铅笔。一想到本子、铅笔，土森的内心就非常激动，屁颠屁颠地奔跑着大声呼喊："四姐、堂哥快点！我们要抢在前头，今天是星期六，上山的肯定很多！"

一路走，四姐、堂哥一路教土森认识植物，哪些植物（蕨菜、灰灰菜、千里光）人可以吃，猪羊牛马可以吃；哪些植物（何首乌、半夏、刺五加）是中药，（车前草、蒲公英、野油菜、金银花）可以医治什么病；哪些植物（五朵云、断肠草）有毒，动物和人都不能沾，等等。

走了两三里山路，终于来到半山腰的十多亩的荒草坪。集体所有制的时候，人们不敢私自开荒。抬眼一看草坪上零星地散落着或弯腰或弓背或蹬或跪的人，全部是半大的孩子，星期六嘛，也难怪。正所谓："莫道君行早，更有早行人。"哪里是在打泡儿，简直就是在寻找金银财宝。他们快步走到草坪边缘，绿茵茵的泡儿苗和杂草尽收眼底，就是没有看见红红白白的泡儿。无所适从的土森，不知道从哪里下手。

堂哥大吼一声："哦嚯！这么多人。"吼声中有些失望。

四姐说："来迟了，捡脚印还差不多！"山是所有人的山，泡儿也是所有人的泡儿，谁先到，当然谁先得。

来都来了，总不能空手回去吧？或多或少总要摘一点。

堂哥说："我们分头找，找人家没有发现的角角边边。"

四姐点头说："肯定有漏网的鱼。你敢不敢一个人去？"她问土森。

土森虽然生长在山区，那次上山却是第一次。胆小的他，害怕草丛中有蛇。想选择的是一眼便看得清清楚楚植物低矮的草丛，低矮的草丛中藏不住蛇。正在犹豫不决的时候。堂哥问："要不跟我？我要去那些边边上，边边上蒿草丛中有哦（泡儿），顺便割些羊草。"

土森摇头，退缩了，担心深草丛中有蛇。

懂土森的四姐看出了端倪，笑着说："有蛇，怕啥子嘛，见蛇不打三分罪。如果遇见了，我们帮你打！"

堂哥的眼睛滴溜溜转着，仿佛在寻找着什么，非常高兴地说："哎哟，我就想遇见一条大的，弄回去炖起吃，香得很。晓得不，蛇肉，就是龙肉。龙肉，哪个不想吃？如果再弄只鸡一起炖，炖它一锅龙凤汤，那个味道不摆了（巴适）。"

哦，原来大人所说的龙肉，居然是蛇肉。不要说吃，看见了都害怕。龙凤汤原来是这么一回事，土森还第一次听说。土森仍然胆怯地说："我、我跟四姐。"四姐不割草，她不用去深草丛。

土森小心翼翼地跟在四姐身后，竖起耳朵，特别关注草丛中有没有意外的响动，同时又不得不睁大眼睛，低头寻找那些红彤彤、白嫩嫩已经成熟的泡儿。四姐在前面，非常娴熟地时不时弯腰伸出左手，她的提篮挎在不能行动自如的右手手臂上。

四姐走过的地方，哪里还有成熟的泡儿呢？最后只摘了一把未成熟的青蛋蛋。看见别人盆里或提篮里盛着大颗大颗的红红白白泡儿，土森羡慕不已，很想跑在前面，可是害怕有蛇。心有余悸，只得认命，老老实实地跟在四姐身后。

大概下午四点过的时候，太阳偏西，斜斜地照耀着山坡。

"蛇，好大的一条蛇！"突然，不远处有人呼唤。摘泡儿的人纷纷直起腰，目投声音传来的方向。

"在哪里？在哪里？"土森顿时本能地背皮子发麻，双脚在原地跳个不停，仿佛那可恶的毒蛇就在脚下。

四姐见他胆小的样子，直起腰，笑了起来说："蛇又不在这儿，你跳啥子？我过去看看。"提起提篮往人们扎堆的方向跑了过去。

堂哥提起割草的镰刀，也飞奔了过去。

"四姐，四姐，我……"

"你就在那儿，不要怕！"四姐没有回头，命令一句。

"四姐你快点转来！"土森站在原地，一动不敢动，生怕脚下真的冒出一条蛇来。

哎！往往害怕什么就来什么。突然听见身边的草丛中有什么在梭动，发出了窸窣声。土森扭头一看，一条黑不溜秋酒杯粗的蛇，快速地梭了过来，他双脚飞快地跳动开去，惊慌失措地大声呼叫："蛇，快来人呀，这儿有条大蛇！好大的大蛇！"

本来奔向那边的人，有的转了向，奔向土森。

"快，在这儿，大得很哦！"在土森眼中，它就是一条无比吓人，无比可恶，特别大的大毒蛇。

看见大家纷纷围拢过来，提在嗓门的心渐渐放下一点点。双脚不停地跳着，仿佛要将贴在腿上的蛇抖掉一样。

蛇很快钻进草丛，消失不见了。心跳加快的土森，稍微松了一口气，本想一屁股坐下去，却又不敢。

大伙纷纷感到扫兴，抱怨道："又不看清楚。""到底梭到哪里去了？""英雄白跑路。"而后，散开去。

摘泡儿的人们追赶、忙乱了很大一阵。

草坪上渐渐恢复了平静，回头寻找各自的杯子、盆子、提篮等。

四姐转来看见土森惨白的脸安慰着说："哎哟！蛇哪里有那么吓人，二天遇见蛇，你就呼喊竹竿儿，竹竿儿！竹竿儿是蛇的舅舅。你晓得不？天上的雷公地上的舅公，蛇也害怕它的舅公。"

土森长大后才知道：聪明的四姐这是给予的精神安慰，竹竿是打蛇的武器，只要武器在手，就不会那么害怕了。外甥当然害怕母舅的拳头和棍棒了，所以说天上雷公、地上舅公。

土森在经过一场惊吓，出了一身冷汗后，端着半杯子青蛋蛋泡儿发愣。半天辛勤劳动的收获，寥寥无几。

再看看四姐提篮里的泡儿，突然觉得仿佛涨了许多，打蛇之前好像没得那么多，为什么一场打蛇大战之后，突飞猛增了，真的不可思议。只有一只手行动自如的她，手脚还那么快了，真行，看样子一定还要多多锻炼。

胆小的土森心有余悸，不敢过问蛇到底被打着没有，是谁打着了？死蛇丢在什么地方？

回家的路上，四姐的脸上一直挂着狡黠的微笑，堂哥虽然没有摘着多少泡儿，但是，背篓却装满了羊草，收获颇丰，脸上也露着丰收的喜悦。

各怀心事，一路无语。

土森想：早晓得半天时间摘这点泡儿，还不如扯猪草。如果婆婆还在，肯定要抱怨："不懂事的娃娃，那么贪耍。""拿啥子喂猪？""就不晓得心疼一下你的妈。"原希望的本子、铅笔彻底没得了，猪草也没有去扯，真有些对不起辛勤操劳的母亲。

四姐脸上挂着得意的笑，心想：想不到今天捡了个便宜，趁大伙乱作一团的时候，有人意外地将别人装泡儿的盆子踢翻了，诱人的泡儿撒了出来，于是趁机刨进了自己的提篮里。如果不是今天的意外收获，肯定没得多少，捡的，当钱买的。

干瘦精悍的堂哥掩藏不住内心的喜悦，那是丰收的喜悦，一大背篓羊草中，还有打牙祭的蛇。这是一条菜花蛇，至少有锄把粗，煮一锅，一家人美美地饱餐一顿。好像听大人说煮这个蛇肉不能在屋里，担心万一房檐上的扬尘掉进蛇肉锅里，如果扬尘掉进锅里了，蛇肉与汤就吃不得了，据说要闹（毒）人。故而，人们煮蛇一般都在屋子外或者在猪圈、牛圈里用三个石头支口锅。

据说距离龙塘村不远，一个叫黑漆龙门的村子里有户人家。他们远离村子，单家独户，土木结构的二层楼瓦房，背靠大山，山上是茂密的森林，面向奔腾的大水沟。为什么他们单家独户地在一个地方呢？因为他们家的房子修在地边上就是为了方便到地里劳动，距离耕种的土地近，方便管理，方便喂猪，还有利于给庄稼施肥。这家人，不管是下地劳动，还是出远门赶场或者吃酒席，一年四季从来不锁门。

从来不锁门的原因是他们家有蛇给他们看家护院。他们家里的蛇多：院子里、堂屋的神龛上、方桌上、房屋的梁上、碗柜里甚至被窝里都有。一般人，没得谁敢随便进他们家的门。

人们会问，那么多蛇，为什么他们不害怕呢？据说这些蛇是他们家的家神变的，不害自家人。白天一家人出门了，它们就钻出来了，到处都是它们的身影。

有一天，村子里的一个年轻人在地里用挖锄挖地，挖到地边上，锄头碰见了一个石头，他以为石头不大，便用力去撬，谁知石头有点大，锄把撬断了都没有把石头撬动。锄把断了，当时就挖不成地了，回村去拿吧？来来去去路上要耽搁时间，于是去那家人家借锄头。

年轻人忘记了人们说他家有蛇的事情了，大摇大摆地靠近大门并且喊着："大哥、嫂子！"不见有人回答，自言自语："嗨，没得人呢？这个门没有锁，肯定走得不远，要不我自己进去借把锄头？"

走进院子，一下子傻眼了，院坝中间盘着一根碗口粗的蛇，年轻人吓得双腿打战，慌忙往后退，慌乱中一个屁股墩，摔坐在地上，赶忙爬起，抬头，透过没有关严的堂屋门，见堂屋的梁上长挂短挂像面条似的好几条。脸色大变，连滚带爬地退了出来。

夏天麦子成熟了，他们需要请黑漆楼门村的村民帮忙割麦子。村民害怕他家的蛇，纷纷表示不敢，他们信誓旦旦地对大家说："我们今天给它们打招呼，保证不出来跟人打照面。"

说来也怪，清早起来主人家大声对蛇们道："听着，我们今天请人来帮忙，那么躲着，千万不要出来，看（担心）把人吓着，二天就请不着帮忙的人。"

果不其然，村民们背麦子回来以及吃午饭、晚饭都没有见着一条蛇。

快到家的时候堂哥说："晚上你们敢不敢到我们家来？"四姐的堂哥家居住在龙塘村中，距土森和李家也就只有二三十米距离。

土森不解，晚上为什么不敢到他们家？邻居间串门，是乡里乡亲的家常便饭。是孩子间最快乐的事情，经常到一起玩捉迷藏、跳皮筋、抓石子、跳格子等游戏。

四姐好像知道什么似的说："我敢，咋个不敢。就看他敢不敢？"并且向堂哥眨了眨眼睛。

"我？作业明天做。"土森点头，算是答应。

堂哥大笑："嘿嘿，敢来？就早点过来哦！来迟了，就没得了。"

土森觉得堂哥话中有话，小声问四姐："堂哥咋个那么说，他要做啥？哪天不敢去他们家了？迟了，啥东西没得了？"

"做啥？请你吃肉！"四姐俏皮地眨了眨眼睛，说，"害怕你不敢吃。"

什么肉不敢吃？莫非真正打着蛇了，晚上吃蛇肉？想想后怕，背皮子一下子发起麻，如果知道堂哥背篓里有蛇，肯定不敢跟他一路走。土森逃也似的赶紧回家。

母亲看见半杯子青蛋蛋泡儿，不但没有怪罪，脸上还开了花。

土森不解地盯着母亲，摘这么一点，既变不成钱，而且不好吃，又酸又涩。母亲还那么高兴？

母亲说："不是你一定要打多少泡儿回来，我看重的是你有一次（人生的）体验。今天是不是收获不小呀。"没想到没有文化不识字的母亲有如此想法，耽误了半天时间事，还以为会被母亲埋怨，殊不知还得到了母亲的肯定。第一次爬山摘泡儿，见识了学校里没有见过的东西，听到了课堂上没有听过的东西。

收获不小，乐陶陶地将所见所闻一五一十地告诉给母亲后，母亲脸上渐渐没有了笑。

望着母亲的脸，不知道哪里做错了，土森说："如果妈不高兴，二天不跟他们上山就是了。"

母亲叹了一口气，摇头："不是不希望你跟他们去上山。"

"那，哪里错了？"大人的心思真是捉摸不透。土森后悔，不应该把所见所闻全盘地托出。小孩之间确实有小孩的秘密，不应该让大人知道。

"怎么给你说呢？"母亲沉思起来。

"你说，我听话。"

母亲伸手爱抚地摸了摸他的头说："以后遇见蛇，不要怕！"

"嗯，不怕。"嘴上说，内心却非常害怕，不明白母亲会不会说遇见蛇就喊竹竿儿，竹竿儿是蛇的舅舅。

"蛇这种动物，不会主动袭击人。如果你不碰它，它不会咬你。"母亲不认同竹竿儿是蛇的舅舅。

"蛇，打不得。以后遇见蛇，你不准打！如果打了，回来我就打你一顿！"母亲并没有讲什么大道理，土森不得不点头。

土森长大后才知道：蛇是生物界食物链中的重要一环。同时明白生物多样性的重要，一旦失去食物链中的重要一环，地球上的生态便会失去平衡，生态失去平衡，最终会毁灭人类自己。最浅显的道理是：蛇可以帮助人们消灭偷吃粮食、祸害庄稼的田鼠。

二姊分家

转眼到了 1982 年，土地下户，土森家四个人分得了两亩多地，母亲手气好，抓阄抓到距村子最近的地，而且土质好，收成高（面积小）。农村的土地分配，分得土地的面积多少，根据该土地的土质的好坏，历年收成好坏核算而定。

二姊家就没得那么幸运了，抓到的是砂质土，收成低（面积大），六个人分得了七亩多。距离龙塘村远，而且在岷江西岸。耕种、管理、收获都要走一公里多，需得过桥。

分得土地的这天，李家人吵得鸡飞狗跳。

二姊沮丧、无奈地坐在火塘边，呸呸地往手上吐唾液，自怨自艾道："天老爷，我这啥臭手气，抓那么远的地。"

那块地，不但远，而且要过岷江，河面上一座摇摆不定的吊索桥，风雅镇没得风的时候还好，如果遇见吹风，整个桥身摇摇晃晃，没有走惯索桥的人，不要说走，站在上面站都站不稳。

许多人不敢过桥，更不要说背重物了。

另外，这地在别人村子边上，大集体的时候，为灌溉庄稼，两个村子的人为争水，经常吵得冤冤不解，打得头破血流。打进医院的，闹到镇上、县上，公社大队出面调解的事情时有发生。二姊找大队长闹也闹了，哭也哭了，大队长也没有办法。哪个舍得将好地让出来呢？

李家门口，二哥将粪桶一摔，并且飞起一脚，只听见乒乓一声，木片箍成的桶顿时散架，零散一地。

写作业的土森听见响声，赶紧站在自己院子里向李家张望，发现一只桶散架在低矮的篱笆边上。二哥怒气冲冲，仿佛要吃人的样子，因此大气不敢出，只能默默地盯着。只见他扛着扁担气冲冲地进了门，土森担心二哥动手打人，于是赶紧转身对母亲道："妈、妈，二哥发火了，好吓人！"

母亲知道他家为什么闹腾，感叹道："难为你二哥了。"

土森也觉得二哥可怜，二哥已经二十多岁了，同龄的小伙子人家早就结婚，孩子已经抱在手上了。见同龄人抱着孩子，二哥羡慕不已，他的婚事总是高不成，低不就，始终没有遇见合适的。

"大孃！奶娃！大孃！"门口突然传来桂兰的声音。土森赶紧对母亲说："四姐在喊，是不是有啥事情？"

母亲放下手中的活说："哎哟，肯定没得啥好事，过去看看。"不由得担心起来，邻居间如果能够帮忙，尽量吧。

火塘边，三哥伸长腿，半坐半躺在一根凳子上，二婶坐在他对面抹着眼泪。二哥站在堂屋中间，双手叉腰吼道："分家！"铜忠、秋兰缩成一团。

四姐桂兰像抓到了救命稻草般，一脸期待地对母亲说："大孃，坐！"希望母亲救救这个家。

二婶抹了一下眼泪，面带难色地说："短命的，一口一个分家，一口一个分家！他大孃，你看我们这个家，到底咋个分，有啥子好分头？分了，一家人又咋个过？"

母亲看看二婶、望望二哥、再看看三哥四姐，不好开口，怎么说呢？劝和不劝分。此时此刻的母亲变得说不来话了："哎！一家人好好的。"

母亲话还没有说完，二哥打断道："好个屎！"此时此刻的他，谁的话都听不进去。在气头上的他，眼睛鼓得牛眼睛大，眼珠子红红，如狂躁的野猪、老熊一般，目中无人，目空一切。

自古以来，没得人对母亲不恭敬，二哥这是第一个。

二婶哭吼道："短命的，你今天吃错药了，咋个敢骂你大孃？短命的，你是不是要我的命呀？"

二哥横眉立目大声骂道："屎大爷要你的命？你的命不值钱！"他内心非常怨恨为什么出身在这样一个家庭，怨恨为什么有这样一个母亲！

"咦，短命的，宰脑壳的，你、你今天到底要咋个？"二婶苦于无助，只能哭天喊地，捶胸顿足。

"咋个？只要分家！一天不分，老子一天不下地。喊你们一个二个都吃不成。"二哥挥手，恨恨地指点着一家人。一家人仿佛都不再是他的亲人，而是他的仇人。

母亲见状，二哥铁了心要分家，于是苦笑着对二婶道："二婶，既然他一心一意要分，如果今天不分，迟早都会分。团着一堆，难说，抱鸡母，不抱捆断腿，它都不抱。"

二婶抹一把眼泪："他大孃，我们屋头这么个烂摊子。咋个分？"

最后，在母亲提议下让四姐桂兰去请来队长、李家亲戚们，一来，让他们给出合情合理的建议，二来，让他们来做个见证。

分家？应该各开门另开户，各起锅灶。李家一溜三间房屋，如果要分？还要从中间隔开。真是一件棘手的事情。临时隔开不是那么容易的事情，还要另开门。

最后在队长、亲戚的建议下，分开后一家人暂时居住在杨大爷的小屋，杨大爷仍然住在保管室（晒场保管室暂时没有分），想等房屋隔开后再作打算。

房屋问题解决了，这个土地就按人头来分。人呢？又怎么分。大家听二婶的意见。二婶一直哭泣："我、我没得办法分，手板手背都是肉。"

队长扫视了一眼大家，看了看一脸不屑的二哥问："你们哪个提出来分家的？"明知故问。

二哥直言不讳道："我提出来的，大家看看我们这个家，三家打依靠，倒了锅灶，哼，分开了，就好八仙过海各显神通。"

一直半躺在板凳上的三哥抖动着腿，鄙视着："哎哟，离了胡萝卜，还不成席了？分就分！老子就不相信离开了哪个，就不活人了！"

二婶听见他们的话，骂道："短命的！猪吵卖，人吵败，你们两个短命的，老天爷，我前世作了啥孽？才生了这么两个冤孽。"她想不明白，人家的兄弟姐妹们亲亲热热，自己的这两个儿子却是冤家对头，一见面就吵，就闹，有时候还大打出手。

二哥吼道："还在咒，矮骡子就是遭你咒死的，一天尽是滚岩的、宰脑壳的、短命的，嘴头就没得一点好听的。"

二婶气得大哭："老天爷，矮骡子滚岩是我咒的吗？我咒得有那么准？如果我咒得那么准，干脆咒死我自己算了，眼不见，心不烦，一了百了！"想起听话懂事的大姐香兰，眼泪奔流而下。如果大姐还在，哪里会出现眼下这种情况，心疼都来不及，怎么说是自己咒死的呢？真是冤枉。

队长见他们一家人，你戳我的鼻子，我戳你的眼睛，一个钉子一个眼，谁也不饶谁，冒火了："嗨！你们请我们来，是断事还是来听你们吵嘴的？"

三哥道："二短命的，你要咋个分？就咋个分。"一副满不在乎，桀骜不驯的样子。

二哥瞪了一眼二婶和三哥说："三短命的，我就是要给你分开，我选一个，你选一个。我先选了，我要桂兰。"

四姐桂兰虽然一只手，但完全能当一个成人用，洗衣做饭扯草喂猪家务全包还要下地劳动。在场的人，暗地称赞二哥聪明。

三哥嘿嘿冷笑一下说："你选完，选剩下的就跟我。随便哪个，跟着我，肯定不会讨口，饿肚子。"

二婶开腔道："我、我跟老三。"对残疾的三哥，二婶既恨又爱，毕竟是自己的儿子，更多的是不放心，至少能够帮忙洗衣做饭，至少能够做些手上的活。或多或少管束一点，帮他一把。

最小的秋兰，看看这个，再盯盯那个的脸，虽然二哥的脸上不好看，但在平时，更多时候害怕三哥，白天睡觉，夜晚出门，黑白颠倒，神出鬼没。于是巴结地冲二哥说："二哥，我要跟四姐。"

队长、亲戚都同意。

铜忠，十岁，长得墩笃，跟了三哥。

就这样，六口之家分成了两家。

最后在队长亲自主持公道、亲戚的旁证下，分割了家里的粮食、猪膘、家具碗盏等。做通思想工作，让二哥、四姐、秋兰他们暂住杨大爷的小屋（顺便说明一下，土地下户后，杨大爷暂时居住在保管室。可是忙碌习惯了的他，从此没有事情做，顿生失落，最后居然越来越没有精神，整个人病了一场后，再也没有回到他的小屋。小屋从此便是二哥他们的家）。

三哥的不归路

　　姐姐师范学校毕业后，分配在风雅镇小学教书，土森家艰难的日子终于结束。母亲的脸上终于露出了微笑。其实姐姐自从考起师范学校的那天起，土森家的日子就大有好转。姐姐一进师范学校，就算端着铁饭碗。包分配的年代，一进校门，每月饭票三十二斤，而且还有二十三块钱的蔬菜补贴。为此，家庭负担一下子减轻了许多。读书的时候，姐姐不但不需要家里一分钱，而且还将节约下来的饭票换成粮票补贴家用，用菜票在学校小卖部买肥皂、洗衣粉、书本等。

　　土森顺利地进入高中，高中的课程较多，因此去四姐家和去铜忠家的时间越来越少，教四姐桂兰、香兰、铜忠学习的时间只能在周六或星期天。

　　这是一个灰暗的星期天，土森一家人天不亮就起了床，跟母亲、姐姐、弟弟（读初中）一道，帮母亲到玉米地里薅了一大早上的草。当太阳高高升起的时候，一家人回家，吃过早饭。

　　母亲表情严肃，好像有什么心事。坐在没有火的火塘边，既没有出门的迹象，又没有做手工的样子，也不说话。往常不是吩咐弟弟做作业，就是叫土森快去隔壁教桂兰他们学习，今天一反常态。姐姐也好像发现母亲哪里不对劲，于是笑着问："妈，今天还有啥事，需要我们做呀？"

　　母亲没有回答，而是深深地叹口气："唉！"

　　弟弟不再幼稚，而是对母亲说："妈，我先去做作业了，哥哥你呢？"他想，高中生的作业肯定比初中生多，然而，土森每个周末都要去教桂兰他们学习。几口奶水，土森用十几年的时间来教桂兰姐弟仨学习，这个人情也应该还得差不多了。看样子，死心塌地的土森一直要教到他自己考上大学，离开龙塘村，离开风雅镇的时候。

　　母亲冲弟弟点头，继续哀叹着。突然邻居二婶家传来哭喊声，这是二婶的声音："短命的呀！""喊你不要造，你咋个不听？"

土森不由一怔，赶紧道："妈，二婶，他们又咋个了？我过去看看。"

母亲没有阻拦，叹气道："咋个了？早知今日何必当初。"

姐姐听出了母亲的话中话问道："是不是三哥出啥事啰哟？"

姐姐不提还差点忘记了，土森已经有好长一段时间没有看见三哥了，一来因为学习时间紧，二来三哥的作息时间跟常人不一样，而且去四姐、秋兰那边的时间多，去铜忠这边的时间少，因此根本没有注意。

母亲怔了怔对土森说："去嘛，去看看。"对姐姐说，"你也去帮忙！我等一会儿去劝劝你们二婶。你们二婶造孽了。"

话还得从李家分家后说起，自从分了家后，二婶的病痛越来越严重，精神越来越差，不是头痛就是肚子不舒服，每天离不得头痛粉、去痛片，同时还离不得烟酒。

今天三哥拿得出来钱，交给她用，她就满怀欣喜；明天拿不出来钱，她就恨天恨地，打东拌西。

四姐时常偷偷从家里拿一点吃食给她和铜忠，她还不满足，经常伸手要钱。弄得四姐也很尴尬，给吧？二哥跟她们的日子也不宽裕，不给吧？二婶毕竟是自己的妈。为了她这个妈，四姐没有少偷，当然也没有少挨骂，少受气。

三哥呢，一直不争气，然而信誓旦旦地要过好日子的话，他没有忘。残疾的他，既没得一技之长，又没吃苦耐劳的毅力。

一天，天还没有亮，三哥刚睡下不久。二婶气急败坏地咚咚地敲他睡房门，胆小怕事的铜忠一骨碌爬了起来嘟囔着："啥事嘛？"

"起来！老娘脑壳痛得很了，没得头痛粉了，还不快去想办法！"二婶满头大汗，非常痛苦。

铜忠小声回着："想办法，想办法，哪里去想办法？奶儿子的妈那儿已经借了好多回了，都是野猫子借鸡——有借无还。我不好意思去了。"

刚睡下不久的三哥死猪一样，二婶气不打一处来，上去就是一耳光，同时骂道："短命的，老娘脑壳痛得很了，你他妈的还睡得着？起来，起来去给老娘想办法！"

睡意正浓的三哥，翻了一个身，继续睡。他也实在没办法为二婶解除痛苦，二婶的病痛就是一个无底洞。

二婶生气到极点，扯开被盖就是一阵拳头巴掌，打得噼里啪啦。

睡眼惺忪的三哥一头雾水，吼道："咋个了？老子才睡！妈的，瞌睡都睡不成。"坐起来，伸手向二婶一掀，二婶一个屁股墩坐在了地上。她便顺势在地上打起滚来大哭道："老子上辈子做了啥缺德事，才养了这么一个短命的。

老天爷干脆死了算了，活着这么受罪，遭儿子打，哪里是养的儿子，简直是养的老子，祖老先人。"

打滚之时，额头碰在了床脚的棱角上，顿时血流满面。

铜忠见状，赶紧往外跑说："我去喊二哥和四姐！"

三哥想：分了家，就隔开门另开户，他们肯定不会管，说不定根本不得过来。大骂道："喊他们捞屎！妈的，瞌睡都没有睡好。老子找地方睡瞌睡去了！"爬起来，一拐一拐地离开了家。想睡瞌睡的同时，更多的是害怕二哥打骂。二哥有力的拳头，他是领教过的。

从那以后，三哥再也没有回过家，在外勾三搭四，偷鸡摸狗。最后居然组织起了一伙游手好闲、一心一意想发大财的街娃儿，去偷盗风雅镇上唯一的一家国营工厂的生产材料，转手倒卖掉，变成现钱。

偷了几次都没有被发现，胆子越来越大。

一个月黑风高夜，三哥指使几个街娃儿，将工厂的围墙下面挖了一个洞。他们分工有序，一个从窗户翻进车间，他们将窗户的玻璃敲掉，材料一整件一整件地从窗户丢出，窗外两个人便一件件地往墙洞连拖带拉，墙洞处，两个人有序地一件又一件地转移。

忙得不亦乐乎的小偷们，居然没有发现洞口处来了三个警察。被逮了个正着，抓了个现行。

三哥是主犯，由于偷盗的国家财产的数目特大，恰逢严打期间，所得的赃款已经挥霍殆尽，无力退赔，被判了极刑。

白发人送黑发人，本就多病的二婶，再也无力承受，病情加重。

四姐的举措

这年，县委、县政府为了避免龙塘山的山洪再次暴发，再次威胁到风雅镇、龙塘沟附近的村庄、农田。特意请来了内地工程队，彻底改造龙塘沟，不但要加宽，而且还要深挖，并且用水泥加固。

工程队来风雅镇的一共有三十个人，分了十个吃住在龙塘村，村子一时半会儿没有找到工程队工人食宿的地方，最后看见二婶可怜，在土森母亲的动员下让二哥、四姐、秋兰他们搬回李家跟铜忠一起过。杨大爷的小屋便空了起来，于是安排工程队食宿于杨大爷的小屋。村长为了照顾二婶家，安排四姐桂兰给工人们煮饭。

工人们在工地劳动一个月四十二斤粮食，工资按天计算。

杨大爷小屋旁边临时搭建了一个简陋的厨房，小屋是工人们歇息的地方。小麦秸秆便是他们的床铺。

四姐给工人们一天煮三顿饭，早晨七点半吃饭，吃完饭，最迟八点半工人便上工地，中午十二点开饭，晚饭六点至七点。幸好，夏天的时间较长，准备三顿饭的时间足够。一只手的她，为了一天八毛钱，虽然很辛苦，然而却非常感激，感激村长安排的挣现钱的活，感激土森教会了许多字，才能给工人搞好吃饭记录，避免别人吃亏。

工人们不就是在工地上吃饭，为什么还要记录？因为龙塘沟工地距风雅镇很近，有些条件好的工人常常到街上"改善"生活。人家没有吃工地上的饭，就不能扣他们的伙食费。

当然也有非常节约的，那是一位个子矮小，人又生得特别黑，特别丑，就像现在电视里面的反面人物。工友们戏称"鬼丁哥儿"。"鬼丁哥儿"虽然人长得丑，特别节约，手脚却还勤快。为什么说他特别节约呢？中秋节工程队给工人们放假一天，工友们纷纷上街溜达，有买酒的，也有买山区土特产山货的，准备工程完工好带回家。

四姐见大家要出门，赶紧去抱柴，得先准备中午简单的饭菜。其中有工人笑着对四姐说："妹子，我们恐怕中午不得回来吃，你少计划几个人的米哦！"

四姐："你们到底有几个人？"

"只有我一个人不去上街，他们都要去！""鬼丁哥儿"从杨大爷小屋出来对四姐说。

四姐觉得奇怪："你咋个不去？"

"鬼丁哥儿"笑了一下说："我没得啥子要买的，不想去。"其实他想节约一点钱。他父亲因为他而未娶妻，记得邻居说过他父亲是个退伍军人，从来没有结过婚，年轻的时候有人给介绍过一个姑娘，就在去相亲的路上遇见了被遗弃的"鬼丁哥儿"，父亲遇见抱了起来，左右为难，正当父亲抱着他不知所措的时候，相亲的姑娘同媒人一道迎到了半路上，看见他怀里的孩子大失所望。

父亲笨嘴拙舌，造成误会加重，最后只有抱着可怜的"鬼丁哥儿"回家，从此父子俩相依为命。"鬼丁哥儿"虽然长得丑，然而一心一意爱着父亲，决定给父亲一个温暖的家。攒点钱，买一个好一点的房子，想方设法给父亲找一个老伴，让父亲安度晚年。

"鬼丁哥儿"解嘲道："我喝不来酒，又不买啥东西，不想跟他们去。"

四姐知道"鬼丁哥儿"从来不喝酒，有空的时候，不是帮忙抱柴烧火，就是抱着书看。知道他有文化，不像其他那些工人，喝了酒大骂出口，大打出手。

"那，中午随便给你弄点吃的哦，我要准备下午饭。"

"鬼丁哥儿"回答道："随便，如果你实在搞不赢，饿一顿也没关系。"接着补充了一句，"煮点面条也要得。你实在搞不赢，等中午的时候我自己煮，你忙你的。"

四姐笑着说："中午再说。""鬼丁哥儿"点头说："要得，要得，中午再说。"于是转身进屋准备看书去了。

四姐手中的柴刚好放下，幺妹火急火燎地一边跑一边喊："四姐，四姐快，快，妈妈不好了！"

二婶的病长年累月不见好。头痛脑热更是家常便饭。四姐不紧不慢地转身，对已经是大姑娘的幺妹说："哎哟，哪里又咋个了嘛？"

"今天，跟往天不一样，早饭煮好喊她起床，她不起来，肚子痛，真的痛得大汗洒。土森妈已经过去了，说必须送医院。"幺妹红扑扑的脸，非常焦躁。

"送医院，你这么大个人了，不晓得送，不晓得喊二哥他们？一有事就喊我，我是铁打的，我是万能的？"

"二哥、铜忠下地去了。"幺妹感到有些委屈，"我一个人，不找你，我又没得钱，再说，我也弄不起妈。"

"钱？我也没得了，上个月挣的钱全部交给妈了。你先回去问一下妈，喊她把钱准备着，我马上就回去。"

"鬼丁哥儿"听见了四姐姐妹俩的对话，出门道："嗨，你妈要紧不，你快回去！"

"我妈一年四季都不好，不晓得哪里又不好了，忙得鬼火起，她还不好了。唉，我的天！"

"鬼丁哥儿"见四姐可怜兮兮的样子道："你先回去，如果搞不赢，晚饭，我来帮你煮。"

"咋要得？我过去看看就来，不会耽误夜饭。"四姐解下围腰帕，慌慌张张小跑着离开。

还未进屋，就听见幺妹问："妈，妈！我们去县医院看病，钱在哪里？快给我说。"

土森母亲道："二婶，还有没得一点（钱），如果没得，我去问大女子要！"

二婶有气无力道："不要，我不去医院，你、你们已经拿了那么多，我拿啥子填还哟！"

钱，再多的钱，都填不满这个无底洞，上个月四姐二十四块钱早就交给她手里的，本来想留两块买卫生纸，却被二婶强要去。大姑娘了，哪里不需要几个钱，说个羞人的话，每次需要卫生纸，都必须从二婶手上要。现在，二婶她自己病了都拿不出钱来。怎么办？就在四姐进退两难的时候。"鬼丁哥儿"跟了上来，冲四姐道："嗨，我……"

四姐回头白了"鬼丁哥儿"一眼问："有事？我搞不赢！"

土森母亲往家里走，想回去找土森姐姐借一点。

四姐一愣，喊了一声："大嬢！"

土森母亲嗯了声道："我去借钱，等一会儿，我陪你们去给二婶看病。"

"鬼丁哥儿"插嘴道："先送病人去，钱，我有一点，先、先借给你们。"

四姐不敢相信耳朵，人家凭啥子借钱给你呢？

土森母亲一愣着，然后想，既然人家主动提出借钱，救病人要紧，先用着，唉，谢天谢地，这个小伙子做了件天大的好事。

二婶呻吟着："哎哟，哎哟！"

"鬼丁哥儿"不管四姐答应不答应，从她们身边钻了过去，冲进了二婶房间。不由分说，扶起二婶道："伯母，来，我背你去看病。"

中午，土森以及姐姐回家过中秋节的时候，二婶已经看完了病，严重的肠梗阻。住院的一切费用都由"鬼丁哥儿"垫付。土森到医院探望了一下二婶，便回家过节。

经过此事，四姐跟"鬼丁哥儿"走到了一起，还带着秋兰嫁到了外地。

很多年后，四姐回娘家，土森在风雅镇碰见问她："四姐，你当时跟人跑的时候，为啥子不告诉我一声？"

已经养育了儿女的四姐，脸红着说："一个字，穷。"

"秋兰呢，她过得好吗？"

"她嫁了个工人，还可以。"

二哥的结局

土森高中快要毕业那年，风雅镇正值改造，扩建中学校园。二婶家的土地被政府征用。一下子赔了几十万，二婶一下子精神起来，吃香的喝辣的不亦乐乎。

二哥趁二婶还没有把钱糟蹋完的时候，购买了一辆二手农用车跑运输，胆小的幺弟铜忠则在龙塘村开了一个小卖部兼电器修理部。

二哥替风雅镇的农户拉农产品到省城贩卖，偶尔还替风雅镇的干杂店从省城拉点日用干杂。由于收钱合理，找他的人比较多，跑在路上的时间也就多了起来。三十来往岁的人，无暇顾及婚姻问题。

初恋蜡花，独生子女，在父母的包办下招了一个上门女婿。这个上门女婿是一个木匠，在风雅镇、龙塘村有这样一个说法：天干饿不着手艺人。木匠是一个坝区来的手艺人，老实巴交，有些木讷。个子不高，相貌一般，远不如二哥。蜡花多有不愿，然而为了父母，只得委曲求全。

一天，蜡花请二哥帮她把她家的莲花白运到临县或者省城去卖。

二哥爽快答应，并且同村上其他人，帮她从坡地里把莲花白砍、背、装上车。装车后，等木匠跟二哥一道去卖。让主人家自己亲手收钱，这样更好，避免闲话。卖菜得赶在第二天天刚亮的时候批发给别人。否则莲花白会减少了水分，失去了新鲜度，减少了分量，另外还要多耽误一天时间。

下午，大伙吃过晚饭，左等右等，都不见木匠回龙塘村。

木匠在邻县给人修房子，说好耽误几天把莲花白卖了后再继续。不知为什么，就是不见他回来。

白天，看见二哥一趟又一趟背莲花白，而且每一趟都比别人背得多，累得大汗淋漓，却不肯歇息一会儿，蜡花一会儿劝喝水，一会儿递帕子。

晚饭时，蜡花心疼二哥。知道他晚上还要开车，因此一个劲地给拈菜，还一个劲地劝二哥多一点自家煮的咂酒。

帮忙的人，酒足饭饱后，纷纷离开蜡花家。

二哥坐在方桌边一边喝茶一边等待木匠的归来。

羌家酿造的咂酒，后劲儿大，二哥的脸红得像要出血，脑袋晕乎乎的。听蜡花说等一会儿，正好等酒劲稍微过去。

当时，二哥和蜡花以及龙塘村人，都不知道喝酒不开车，开车不喝酒的酒驾意识。二哥点头嗯了一声，渐渐意识模糊，整个人便梭下地。

蜡花的父亲叹口气："唉！狗杂种，还不回来？"他渐渐发现一直唯命是从的木匠，不知什么时候开始越来越不听话了，不像刚进家门那么恋家，对蜡花都没有什么热情了。

"这个灌醉了，咋整？"蜡花的母亲伸手指了指地上的二哥。

蜡花将女儿抱进卧室，转身出来，看见二哥躺地上道："哎哟，看样子今天累惨了！让他先歇一会儿。"

蜡花父亲瞪了一眼地上的二哥，同时扫视了一眼蜡花说："扶到客铺上，等他睡一会儿。"

蜡花同父亲将二哥扶起。常言道：酒醉心明白。

也许是鬼使神差，也许是鬼摸了脑壳，就在蜡花父女将他放在客铺上去的时候，二哥顺势搂住了蜡花的腰。

就是这不被人发现的小动作，却刚好被急急忙忙赶回家的木匠看见。他气急败坏地大声吼道："妈的，哪里来的贼儿子，敢在老子眼皮底下偷人？"

话音未落，蜡花的手已经放开了二哥。

蜡花父亲转身怒目，也大声道："哪里有啥子贼儿子？有老子在，哪个敢做啥子？"

二哥听见吼声，酒醒了一大半，一个激灵从蜡花家的客铺上弹跳起来，揉揉蒙眬的眼睛咕哝道："哦，木匠回来了？走，我们走！"

木匠知道二哥做贼心虚，道："走啥子走？先睡一觉再说。"如果不早一步回来，说不定他们真的上床了。幸好，及时赶回来，否则绿帽子戴定了。原先只听别人说蜡花有一个初恋情人，自己虽然半信半疑，却从来没有发现蜡花有什么不轨，今天算是什么都看见了。只差那么一瞬间，婆娘便成了别人的婆娘了。

蜡花母亲听出木匠的话中话，吼斥着："睡啥子睡？我们屋头还有这么多人。"意思有这么多眼睛盯着，众目睽睽之下，人家也没做什么，你吃啥子干醋？

蜡花关心二哥、心疼二哥问："今晚上得行不？如果不行，你先回去休息一晚上，天亮了再走。"一个是心爱，一个是丈夫，她不希望他们出事。

木匠不知道是哪里来的火气，鼻子里冷哼了一声："早晓得明天才走，老子就应该安安心心把饭吃了，好好生生睡一觉。"油汪汪的汤，亮锃锃的腊肉都未来得及吃。还丢开心心念念的情人，温暖的被窝，就赶紧回家，不就是为了那么点莲花白吗？

蜡花父亲不依了，吼道："老子还在跟前，不要老子、老子的，哪个的脚斜了，鞋歪了？"木匠从来没有这么大的火，不知道是哪里吃错了药。

蜡花母亲也帮腔道："哎哟哟，没得哪个煎坏了豆腐，烫坏了酒，这么多人的眼睛哦！"心疼自己的儿女，爱护儿女是做父母的本能。

木匠就算有天大的本事，毕竟是上门女婿。木匠哑口无言了说了一句人话："那，走还是不走？"

自觉理亏的二哥红着脸，虽然酒意很重，但是头脑还算清醒。他不想让蜡花为难，当然也想为蜡花趁着莲花白新鲜、水分充足卖出去。农村人辛辛苦苦一年，指望的收入，绝对不能因为心里不畅快而耽误。坐直身体，对木匠说："走，我们马上走！"

蜡花看见二哥脸和眼睛还很红，木匠还有火气，担心路上的安全以及与木匠吵闹，于是上去问："得行不？"转身对木匠说，"要不？明天，明天！"

二哥摆手，摇头。木匠怒气未消道："明天？明天个锤子！"

蜡花父亲听见木匠骂蜡花，进一步上去道："吔！地皮子踩热和了，还在老子面前回子老陕的？"

木匠不敢对老丈人多嘴，只能指桑骂槐道："我，又没有针对你，我在骂那个龟儿子。"

二哥知道木匠针对自己，然而，看在蜡花的分上，没有说什么。

蜡花上前道："你有话好好说，不要骂人，人家在帮我们。"

龙塘村的夜，静悄悄，听不见猫狗叫，月色朦胧，群山静默安详。送二哥和木匠出门的蜡花，不知为什么却感觉此时此刻的群山静默得有些瘆人。高耸、低卧的山峰、山头怎么像一座座巨大的坟墓。不由得打了个寒战，叮咛二哥道："路上，把细点哦！"

二哥当着木匠的面，不敢说什么暧昧的话，只是："晓得了，放心。"

蜡花怒目对木匠说："路上不要吵了哦！"

木匠出言不逊："哼，弹琴费指甲，说话费精神，老子难得吵！"说话间，已经上了副驾驶，气哼哼地坐在副驾驶位子上。

蜡花不放心冲木匠道："路上不要打瞌睡哟！"

木匠不耐烦道："屁话多，老子晓得！"

送走二哥跟木匠，蜡花进屋睡觉，一夜无眠。始终忐忑不安，一会儿坐起来，听听外面是不是有狗叫，是不是有人的呼唤声。天快亮的时候，迷迷糊糊地睡着了，有人敲门。

"爸爸，爸爸快去看看，哪个在打门？"蜡花有些胆怯，害怕二哥他们出了事。

蜡花父亲起床披衣，慢吞吞地："清早八晨，是哪个？"

没人回答，打开门，不见有人，自言自语低声道："是不是耳朵有问题，哪里有人？不对呀，一个人的耳朵有问题，莫非一家人的耳朵都有问题。"

蜡花没有听见父亲跟人对话，便问："爸爸，哪个来？"

蜡花父亲道："哎哟，没得人！"

明明听见门响，莫不是哪个恶作剧，敲了一下门，又快速跑开了？不可能呀，从来没出现过的事情呀。蜡花越想越不对，赶紧起床，忐忑不安地收拾屋子。

往往怕什么就来什么，早饭时间，邻村的村长送来了噩耗，半夜，二哥与木匠连人带车摔下公路坎，坎下面就是滔滔的岷江。

据说，看见有人在路边上捡到了莲花白，顺着莲花白路线，发现有车轮印，车轮印一直延伸到河里。

蜡花的天塌了，一下子晕了过去。

蜡花父亲来不及悲痛，赶紧求助于龙潭村的村民，其中包括铜忠、土森的母亲。众人纷纷顺着江河两岸寻找，车栽下去的地方，恰巧是一个深潭。人们拿起竹竿、抓钩等工具。在深潭处翻搅，因为水太深，根本没有发现二哥、木匠，包括农用车的蛛丝马迹。

对二哥的车祸，有着许许多多的猜测：也许酒喝多了（酒驾），头脑不清醒，把江河看成了马路。也许两个情敌在车上吵闹，或者发生抓扯，抓错了方向盘。

后　记

　　土森在风雅镇工作了多年，一直孝敬着二婶。

　　遗憾的是多年来一直未能与情同手足的四姐、秋兰再见过面。

　　二婶的葬礼上，终于与四姐、四姐夫"鬼丁哥儿"、幺妹秋兰、幺妹夫王明江还有秋兰的儿子俊儿碰面了。

　　三十多岁的四姐，正值美好年华，然而穿着过于朴实，一件洗得泛白的白底绿碎花衬衣，黑色七分裤子，一双老实塑料凉鞋，明眼人一眼就看出四姐在坝区过得不那么殷实。

　　四姐夫"鬼丁哥儿"还是那么矮小、干瘦，仿佛老了许多。比四姐大得多的他，据说已经病退。病退工资不高，前几年送走了他多病的老爹。修房子花掉了所有积蓄，还有外债。

　　两口子除了在分得的两亩水田和一亩旱地上劳作外，还跟着四姐夫偶尔去建筑工地上做小工，一年四季虽然勤勤恳恳，任劳任怨，却只能解决温饱，而未能小康。

　　秋兰却很时髦，高跟凉鞋、白色连衣裙，显得高雅、纯洁。波浪长发披在肩后，瓜子脸，柳眉杏眼，皮肤白皙，修长的手指，嫩白的手臂像出淤泥的藕，根本不像是庄稼人。

　　妹夫王明江，三十多岁，中等身材，平头，宽皮大脸，憨憨木讷的表情，短戳戳的手指，显得有些笨拙，粗壮的手臂一看就是下苦力的样子。

　　土森忙里忙外，穿着白布孝衣，腰拴麻丝，头包白布孝帕，掩藏不住浓眉大眼，相貌堂堂。

　　见四姐、四姐夫、秋兰他们回来，他很激动，很想嘘寒问暖，很想知道他们现在的情况，可是人多事杂，并且四姐、四姐夫总是躲得远远的。

　　葬礼完毕，送走了所有客人。

　　土森冲铜忠说："幺弟儿，这会儿，我们几姊妹清清静静坐一会儿。"转身对母亲说，"妈，你也辛苦了三天，快回去休息。我们几个年轻人摆一会儿。"

头发花白的母亲疲惫地说："好嘛！"母亲转身离开。

四姐、秋兰、铜忠异口同声地冲她道："大孃，劳累您了！"铜忠含着眼泪说，"大孃，我们这个家全靠您老人家哦，二天您有啥子事，只需要喊一声，我们跟土森哥一样，都是您的儿女。"

母亲倍感欣慰："哦，晓得了！"离开了李家。

铜忠在凤雅镇搞修理，啥都修，这几年挣了一点钱，原来漏雨的土房翻新成了三间大瓦房，学城里人一样，将烟雾弥漫的火塘换成铁炉子，烟囱连接在屋外，家里烟尘便减少了许多，并且讨了一个贤惠能干漂亮的媳妇。

铜忠媳妇凤琴赶紧重新洗了几个茶杯，放在铁炉子边的一个小方桌上，端来花生、瓜子、核桃招呼大家道："土森哥、四姐、四姐夫、五姐、五姐夫，快来喝茶！"

土森率先坐在铁炉子旁边的凳子上招呼："四姐、四姐夫快坐！"

在四姐的心目中，觉得李家土森这个儿子，比李家任何一个儿女都孝道，自觉无颜面对，因此，磨磨蹭蹭地去提水瓶，准备给大家泡茶。

四姐夫"鬼丁哥儿"一把抢过水瓶说："我来，我来，让我们好脚好手的人来，你去歇会儿！"

"鬼丁哥儿"虽然相貌丑陋，然而对四姐的爱却是真心。

憨厚的妹夫王明江赶紧走到"鬼丁哥儿"身边道："哥、哥我来帮忙！"

秋兰拉着四姐坐下："等他们几个去忙，我们坐，俊儿，坐在你舅舅身边来！晓得不，你妈认得的几个字全靠你舅舅哦！"

三岁多一点的俊儿，顺从乖巧地挨着土森坐着。土森伸手摸了摸他浓黑头发的头问："几岁了？"

"三岁多。"俊儿天真地盯着土森的脸。他不明白为什么妈妈嘴里经常提到这个土森舅舅，却很少提到铜忠舅舅。

"上学了没有？"

秋兰抢话道："上幼儿园！"

土森道："幼儿园喃，还可以请假，以后上小学、初中了，就不准请假了，要养成好习惯！"这不，二婶的葬礼，土森在外读大学的弟弟，就没让请假回来，一来路程太远，二来，回来也帮不了什么忙。

四姐拘谨地坐下后问土森："姐姐呢？不是说在镇上教书吗？咋个没有看见她呢？"

"进修去了，出省了，太远了，没有通知她。"照道理二婶的葬礼，姐姐应该参加，可是姐姐在外省进修呢。

"鬼丁哥儿"抢话道："哎呀，人走了，就一了百了，耽搁的人哪，可以耽搁一下，耽搁不起的呢，就不要耽搁。活人要紧，正事要紧。"

秋兰接话道："就是，侄儿读初一了，没有让他回来，害怕耽搁（学习）时间。我们都在向大孃学哦，不管怎样，都必须好好教育子孙后代。"

就这样，他们在铁炉子旁聊了很久很久……

土森、四姐、秋兰、铜忠等随着年龄的增长，终于明白：社会环境、学校教育会影响孩子的成长，然而，家庭教育非常重要，父母的言传身教也非常重要。人的成长仿佛是一座峻险、神圣、令人敬仰的大山。人一辈子都在成长，都要爬山，都要学习（活到老，学到老，还有三分，没学到）。跟走路一样，要有选择。什么路能走，什么路不能走？什么东西必须学，什么东西不能学？一辈子都为人生这座大山，虔心修养，奋力攀爬。铲除山路上的蒺藜荆棘，战胜阻挡道路的悬崖峭壁，克服怯弱、自私、贪婪的毛病，跨越曲折沟坎，才能够真正爬上理想的大山。用毕生的精力去奋斗、努力、拼搏、打造理想。

有着严于律己的家长，有着良好的家风家教，有着清纯的社会环境，也有良好的学校教育，孩子们才会健康成长。

2024 年 7 月 3 日（修改）